김승주의
자기개발 시집

우울 탈출, 3초 비법

우울 탈출, 3초 비법

초판인쇄	2020년 3월 26일
초판발행	2020년 4월 02일
지은이	김승주
발행인	조현수
펴낸곳	도서출판 더로드
마케팅	이동호
IT 마케팅	조용재
디자인 디렉터	오종국 Design CREO
ADD	경기도 고양시 일산동구 백석2동 1301-2 넥스빌오피스텔 704호
전화	031-925-5366~7
팩스	031-925-5368
이메일	provence70@naver.com
등록번호	제2015-000135호
등록	2015년 06월18일
ISBN	979-11-6338-066-5 00810

정가 15,000원

김승주의
자기개발 시집

우울탈출, 3초 비법

도서출판 더로드
The Road Books

| **시집 사용법** | How to use poetry

"부정적인 말이 사라지는 그날 까지"

난 한글을 매우 사랑한다. 동음이의어(같은 발음 다른 뜻)도 많고 발음이 비슷한 단어도 상당히 많다. 말장난하기 매우 좋은 언어이다. 영어로도 말장난 가능한 한글은 정말 우수한 언어이다. 그리고 난 아재(아저씨)다. 머릿 속에서 순간 번뜩이는 말장난이 생각나서 던지면 '아재개그' 라고 싫어한다. 아재가 아재개그해야지 총각개그할 순 없다.

아재개그시집에 나오는 90여 가지의 말 대부분은 부정적인 것을 아재개그를 이용해서 긍정적으로 바꾼 것이다. 말은 곧 에너지이고, 그 사람의 생각이다. 부정적인 말은 부정적인 에너지를 만들고 본인과 주변사람들의 힘이 빠지게 한다. 이럴 때 꼭 사용하기 바란다.

1. 부정적인 말을 긍정적으로 바꾸고 싶을 때
2. 모임에서 인사말을 '아재개그시' 로 대신할 때
3. 모임에서 썰렁한 웃음을 유발하고 싶을 때
4. 그 외 부정적인 말을 들어서 우울할 때

실제 사례(우울탈출 3초 비법)

A : (비꼬듯이) 가지가지 한다. 참!
B : 고마워, 난 여러 가지가지 해야 마음이 편해.
그래야, 어떤 일이 와도 해 낼 수 있거든.
A : 헐!
B : 입안이 헐 도록 열심히 하고 있어. 고마워.

A : 으이그, 덜 떨어진 놈아! 그게 말이 되냐?
B : 고마워. 먼저 떨어진 놈아. 난 좀 더 매달려 있을게.
A : 엥?
B : 난 덜 떨어졌고, 넌 이미 떨어졌어. 내가 좀 더
버텨볼게. 먼저 가.

A : 참 별나다. 별나. 유별나.

B : 어찌 알았지? 내가 별인거?

A : 뭐라고?

B : 별나다. 별나지. You 별나? 고마워.
역시 너 밖에 없어.

대한민국에서 부정적인 말이 사라지는 그날 까지

아재개그시인 김승주

“시인의 손”

다른 눈으로 내 삶을 시작한 것
시를 적는 시인으로 태어난다

언어를 통해 마음을 짚어낸다
내 마음을 누군가 몰라줘도
언어를 통해 세상을 바라본다

시인의 시선에 사로잡히면
평범하고 무관심했던 것들이
하나둘 감정을 갖게 되는 것

연필이 입덧할 때는 예민해져서
표현하고 싶은 것이 떠오를 때

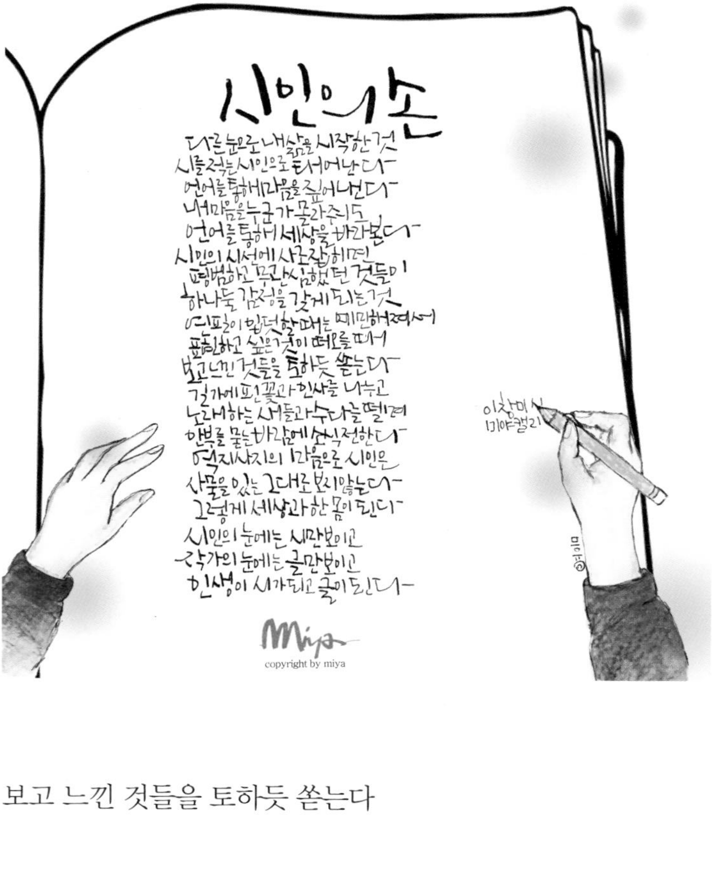

보고 느낀 것들을 토하듯 쏟는다

길가에 핀 꽃과 인사를 나누고

노래하는 새들과 수다를 떨며

안부를 묻는 바람에 소식 전한다

역지사지의 마음으로 시인은
사물을 있는 그대로 보지 않는다
그렇게 세상과 한 몸이 된다

시인의 눈에는 시만 보이고
작가의 눈에는 글만 보이고
인생이 시가 되고 글이 된다

우리나라 교육을 받은 사람들이라면 누구나 한 번쯤 접했을 '시'다. 아마도 시를 단 한 편이라도 외우며 소박한 바람을 품었던 기억을 떠올려 보자. 실로 엄청났던 바람을 온전히 담아내는 시구가 가슴을 파고들었던 그때, 지금 뒤돌아보니 가볍게 읽어낼 유일한 그것이 시가 아니었나 한다.

우연히 책꽂이에 꽂아둔 공간에서 시집 한 권 손에 쥐면 아직 시는 관심 없겠지만 한 페이지만 넘긴다면 진

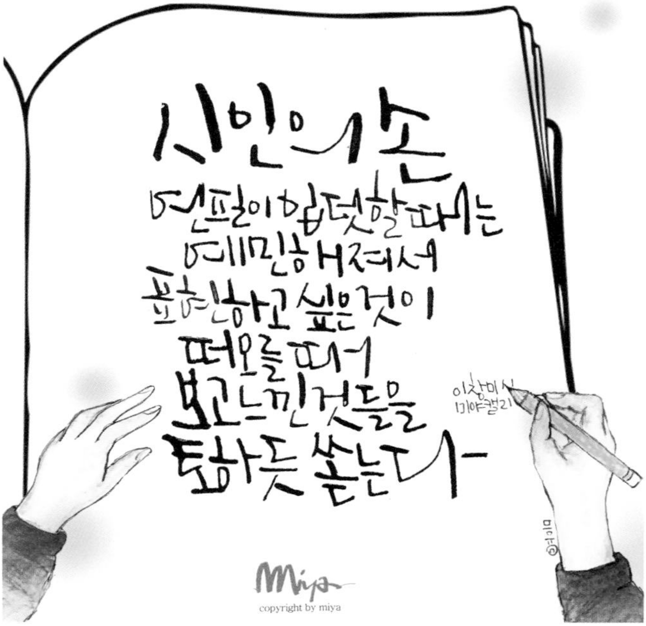

지하게 접하게 된다. 아마도 깊은 몰입에 빠져 작정하고 읽으면 금세 한 권을 다 읽어버린 자신을 발견할 것이다. 그래서 예상과 달리 다시 펼쳐 한 글자씩 아껴가며 읽게 된다. 천천히 음미하며 다시 읽어도 느낌이 모두 다르다.

시를 바꿔보는 재미로 오랫동안 우리가 만나왔던 시집이 아니다. 생각했던 시상을 원고지에 옮겨 썼던 그때의 시와는 또 다른 획기적인 신선함을 맛보게 하는 '시' 로 꽉 찼다. 버릴 것 하나 없는 알짜다. 이쯤이면 제대로 그를 알아보고 싶어질 것이다. 부드러운 사람이면서 톡톡 튀는 사이다 같은 그 남자의 시집 이야기는 '어쩌면 말장난' 이다. 그렇지만 번뜩이는 단어를 엮어 말장난으로 성공한 그가 한글을 사랑하기에 비슷한 단어로 웃음을 유발하게 만든다. 무거운 생각을 잠시 버리고 가볍게 미소지어보자. 한바탕 웃어보자. 인생을 좀 더 알아가면 더 느끼겠지만 시가 인생 한구석을 차지한다.

일상을 소재로 그는 시를 쓰며 행복한 기운을 담아 이 한 권의 시집으로 담아냈다. 세상과 주변을 따뜻하게 바라보며 아름다움을 쓰고 희망을 주는 시 한 편 한편에 매료되어 보라. 포근히 덮어주는 이불과 같은 따스한 느낌이 들것이다.

시인/작가 이창미
(저서 「시작이 별스런 너에게」 외 11권, 브랜딩글쓰기연구소 대표)

| 차례 | Contents

시집 사용법 • 4　**추천하는 글** • 7

제1편

저 말입니까?

01 내 말이 틀립니까? • 19
02 눈 붙이고 싶어요 • 21
03 건빵쥔 놈 • 23
04 그말이 그말이지요 • 25
05 제 말 좀 들어주세요 • 27
06 긴 말이 필요한가요? • 29
07 공감 • 31
08 못하는게 없어요 • 33
09 육회한 남자 • 35
10 못 말린다 • 37
11 복도 많아요 • 39
12 전 복이 많은 사람 • 41
13 다 때가 있다 • 43
14 반했다 • 45
15 친분 있다 • 47
16 모자라지요 • 49
17 니 잘랐다 • 51
18 미쳐야 미친다 • 53
19 위로하다 • 55
20 힘들다 • 57

제2편

제발

01 잔친날 • 61
02 신나다 • 63
03 인생은 고해 • 65
04 감기 • 67
05 비웃지 마라 • 69
06 별 보이 없다 • 71
07 잘한다 • 73
08 한계란? • 75
09 위로? 위로가 • 77
10 어색하면 만나요! 만나면 맛나요! • 79
11 Reader해야 Leader한다 • 81
12 알면 되나요? • 83
13 단단하면 당당하다 • 85
14 씻을 수 있다? 그럼 시 쓸 수 있다 • 87
15 You별나다 You별나 • 89
16 스타 • 91
17 독(讀)하면 독(獨)하고 독(獨)하면 독(毒)해진다 • 93
18 말나온김에 • 95
19 마이크지요 • 97
20 회피 안하면 해피 • 99

제3편

누가 대변해주나요?

01 Druamer is Dreamer • 103
02 행복한 시간, 행복 한 시간 • 105
03 늴리리 만보 • 107
04 삶은 계란, Life is egg • 109
05 열나 이뻐요 • 111
06 즐거움, 즐거 움 ㅜㅜ • 113
07 기타등등, 기세등등 • 115
08 Steve Jobs, 난 스치면jobs • 117
09 늘 그런이가 늙은이 • 119
10 저기압일 때 고기앞으로 • 121
11 Think 하면 Thank, Thank 하면 think • 123
12 나이다. 무엇이든 할 수 있는 나 이다 • 125
13 내일을 만들면 내 일이 된다 • 127
14 우주라이크 우주? • 129
15 등대 • 131
16 덜 된 놈, 덜 떨어진 놈 • 133
17 실수, 유리수, 무리수 • 135
18 근력이 권력이다 • 137
19 가지가지한다 • 139
20 친구는 등대다 • 141

제4편

날나리

01 원고, 투고, 쓰리고, 출간 • 145
02 적자생존, 그러면 흑자경영 • 147
03 개무시, 그러면 무시무시하게 성장 • 149
04 danger는 위험 • 151
05 좋은 멘트는 훌륭한 멘토 • 153
06 몸도 리모델, 그럼 니 모델 • 155
07 목도리, 목에 대한 도리 • 157
08 풀풀풀, 컬러풀, 뷰티풀, 원더풀 • 159
09 하나님, 환한님, 화났님? • 161
10 기대에 부응? 기대에 부웅 • 163
11 superwoman말고 superhhuman • 165
12 40전에 책 잡아라, 책잡히지 않으려면 • 167
13 확진자보다 무서운 확찐자 • 169
14 깨물음 깨달음 • 171
15 히말라야 • 173
16 Give(기부) me • 175
17 상관없냐? 난 상관있다 • 177
18 히말라야 • 179
19 Give(기부) me • 181
20 상관(相關)없냐? 난 상관(上官)있다 • 183

제5편

감 동글

01 형광팬 • 187
02 답, 답한 사람 • 189
03 자만이, 웃는자만이 승리한다 • 191
04 아임 쏘 쏘리 벗 아일러뷰 • 193
05 더럽 다 • 195
06 우짜지? 웃자지금 • 197

권말 이야기
쉬쉬하지 않은 제자들의 시 • 199

PART 01

제1편
저 말입니까?

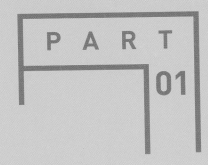

“

힘들다.

재미없다.

짜증난다.

이런 말들 하는 분들

쉬잇!

몸이 당신의 말을 듣고 반응합니다.

”

내 말이 틀립니까?

내 말이 틀립니까?
왜요?

저는 당신 말이 틀리다고 말한적 없는데요.

누구 말이 틀리고 누구 말이 맞고
그건 누가 정하는건가요?

세상에 존재하는 모든 지식 중에
정답이란 존재하지 않습니다.

'틀리다' 라는 말은 '틀니' 를 가리킬때 쓰는 말이지요.

서로 의견이 맞지 않을 땐 이런 말을 써야죠.

다
르
다

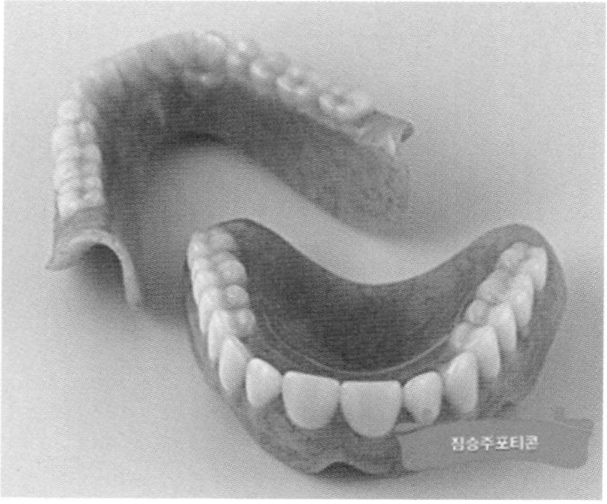

꿀아재 꿀팁

아재개그시인 명언 : 이것은 틀닙니다. (틀니입니다.)

내가 남들에게 틀렸다고 말한 경우가 있나요?

눈 붙이고 싶어요

하루는 24시간
쪼개고 쪼개고 또 쪼개면 48시간

눈 붙일 시간도 아까워요.
하루만 살고 내일은 없어요.

또 눈을 뜨면
새로운 하루를 선물 받은 기분이예요.

잠은 언제 자냐구요?
하루 6시간 이상은 자고 있어요.

걱정마세요.
하루 에너지를 다 쓰고 나면
눕자마자
1분 안에 눈 붙일수 있어요.

그래도

낮에
눈 붙이고 싶지요?
10분~15분 낮잠이
일의 효율성에도 매우 좋데요.
잠시 눈 붙이세요.

저도 지금
딱 full로 일해서
눈 붙이고 싶어요.
10분 후에 봐요.

꿂아재 꿀팁

아재개그시인 명언 : 눈 좀 붙이고 쉬세요. 딱 full로 일했어요.

매일 10분간 눈 붙일 (낮잠) 공간이 있나요? 없다면 차에서 눈 붙이세요. 일의 능률이 달라질 겁니다.

건빵쥔놈(건방진 놈)

교사같지 않아요.
그래서 명함 만들어 다녀요!
그래도 믿지 않아요.

교사같지 않아요.
그래서 더 열심히 살아요!
그래서 밉지 않아요.

반바지 입고
학교에 가는 건방진 쌤

아침인사로
6학년 여자들도 허그하는 무모한 쌤

세상이 건방진 건지 내가 건방진 건지 내기 중입니다.

내가 먼저 건빵 쥐면 세상 부러울 게 없습니다.

여러분도 건빵 쥐세요. 금방 쥘 겁니다.
세상을 다 가질 겁니다.

꿈아재 꿀팁

아재개그시인 명언 : 건빵쥔놈! 세상을 다 가져라.

세상의 기준에 나를 맡기지 말고 자신이 정한 기준으로 세상을 움직이세요. 내가 정한 기준은?

그 말이 그 말이고 내 말이 그 말이다

사람 말을 자꾸 따지는 사람들이 있다.

넘어지나 자빠지나
리어커나 구루마나
양동이나 바케스나
일바지나 몸빼나
돕바나 반코트나
흰말 왼쪽 엉덩이나 백마좌측볼기짝이나

그말이 그말이지요.

부정적인 사람들은 말로 걸고 넘어진다.
그런 사람은 자주 넘어진다.
걸지 말고 그냥 넘어가라.

어짜피 우린 국어학자도 아니고
지금 국어공부시간도 아니다.

의미만 통하면 따지지 마라.
따지다가 다-진다.

그 말이 그 말이고
내 말이 그 말이다.

한 마리, 두 마리, 세 마리, 네 마리
맞제? 내 말이.

꿈아재 꿀팁

아재개그시인 명언 : 따지지 마라. 내 말이 그 말이다.

다른 사람의 말을 따지지 말고, 자신의 일을 꼼꼼히 따져야 합니다. 어제 마무리 못한 일은 무엇인가요?

제 말 좀 들어주세요

네. 네! 네?
아 예.
그래서?
그렇군요.
아이고, 대단하십니다.

이젠
제 말 좀 들어주세요.
지금 한 시간 째 당신 말만 들어 드리고 있잖아요!

제 말 좀 들어보세요.
왜? 부담되세요.
제 말이 무거울까봐?

그렇지 않아요.

제 말이 무거워 보이지만
당신이 들어주면 아주 가벼운 말이 될 겁니다.

이젠
제 말도 좀 들어주세요.

꿀아재 꿀팁

아재개그시인 명언 : 이젠 제 말도 좀 들어주세요.

세 번 듣고 두 번 맞장구 치고 한 번 말하세요. 3.2.1 전략 친구들이 많이 생길 겁니다.

긴말이 필요한가요?

하자!
싫다
왜?
안될 거 뻔한다.
해봤나?
안 해 봐도 실패한다
준비 많이 하면 되지?
그래도 안 된다.
에헤이, 해보지도 않고
실패할 게 눈에 보이잖아!
실패할 거 미리 찾아서 실패 안 하도록 하면 되지.
그래도 절대 성공할 수 없다.
실패하면 또 하면 되지!

야. 무슨 긴말이 필요하노?
고마 준비 철저히 해서 하자.
그리고 실패하면 또 하면 되지.

꿈아재 꿀팁

아재개그시인 명언 : 그냥해. 무슨 긴 말이 필요하노?

'실패'란 말 대신 '근접성공'이라고도 하더군요. 여러분은 '실패'라는 말을 어떤 말로 바꿔서 사용하고 싶으신가요?

공 감

공감(共感)

남의 감정, 의견, 주장 따위에 대하여 자기도 그렇다고 느끼는 감정이지요.

그러니

서로 서로 쌍방통행이지요.

한쪽에서만 일방적으로 이야기해서는 안되지요.

공놀이 할 때도 마찬가지이지요.

공 던지는 사람이 공 받는 사람이 준비가 되어 있는지 확인을 해야 되지요.

그냥 던지다가는 받는 사람이 공에 맞을 수도 있지요.

그래서 서로 공감하려면

공 갑니다. 하고 말을 해야 되지요.

공 감(갑니다). 받아요.

꿈아재 꿀팁

아재개그시인 명언 : 아프냐? 나도 아프다. 이게 공 감!

세상은 덜 아픈 사람이 많이 아픈 사람 위로하며 사는 것이다. 지금 나보다 아픈 사람은 누구? 전화해 보자.

못 하는게 없어요

주어진 환경에 따라
크기가 달라지는 물고기 '코이' 이야기를 합니다.
그러면서
자신의 한계를 정하지 말라고 합니다.

못하는 것 하나만 이야기 해주세요.
나는 음치라서 노래를 못해요.
나는 몸치라서 춤을 못 춰요.
나는 컴맹이라서 컴퓨터 잘 못해요.

못하는 것은 없습니다. 안했을 뿐이고
시간 투자를 덜 한 것 뿐이죠.

자꾸
못하는 것과 안 하는 것을 구별하지 못합니다.
노래를 하루에 같은 곡으로 10회씩 1년간
불러보세요.
노래를 못하는지.

못하는게 아니라 안 하는 겁니다.

미리 못한다고 하면, 노력 안 한 자기 자신에게 미리 위로하는 것입니다.

인간이 못하는 것은 없습니다. 단지 안할 뿐입니다.

못 타는 일도 못하지는 않습니다.
대형 못을 만들어 주세요.
못 타는 일 제가 해 보겠습니다.

꿈아재 꿀팁

아재개그시인 명언 : 못하는 것은 없어요. 못타는 것도 잘 합니다.

못하는 것에 신경 쓰지 마세요. 자신의 강점으로 승부하세요. 나의 강점 3가지는 무엇일까요?

육회한 남자

시원하고 유쾌하게 살고 싶으시죠?
일단 밀가루를 줄이세요.
밀가루는 마음을 빵빵하게 해줄지 모르지만
몸도 배도 빵빵해집니다.

인생을 유쾌하게 살고 싶으시죠?
그럴 땐 뷔페 가서 육회부터 드세요.
배의 시원함이 입맛을 잡아주고
육회가 피가 되고 살이 되어 줄 겁니다.

기분이 꿀꿀하시죠?
돼지고기 보다 쇠고기가 좋습니다.
육회 6회 정도 드시면 유쾌해집니다.
계란 노란자의 담백함이 입맛을 당겨주고
육회가 피가 되고 살이 되어 줄 겁니다.

유쾌한 마음으로 신나는 노래 불러보세요.
당신의 유쾌함이 세상 살맛을 느끼게 해주고

피가 되고 살이 되어 줄 겁니다.

유쾌하십니까?
저랑 한 육회 하실래예?
유쾌한 하루 될낍니더.

꿈아재 꿀팁

아재개그시인 명언 : 유쾌하십니까? 한 육회하실래예?

가장 행복한 미소가 지어지는 모습을 상상해보세요. 그 미소로 내가 가장 좋아하는 노래를 불러보세요. 출근길이 유쾌해집니다.

못 말린다

말리지 마세요.
말린다고 안할 사람은 말하지도 않습니다.
말린다고 안하는 사람은 어짜피 성공 못할 사람입니다.

주변에 성공한 사람들은 모두 못 말린 사람들입니다.

못은 햇볕에 말릴수록 녹도 슬지 않고 더 단단해집니다.
자신을 햇볕같은 자극에 노출할수록
본인도 더 단단해집니다.
강철이 되기 위해서는
못처럼 말려야 합니다.
좁은 상자 속에 계속 있으면 못은 녹습니다.

상자 밖으로 나와서 비도 맞고 햇볕도 쬐야
더 단단해집니다.

실패한 사람들은 말립니다.
성공해 보지 못했기 때문에

다른 사람도 실패할 거라 믿습니다.

"저 사람은 못 말리는 사람이다"
말리지 마세요.
격려하고 응원해 주세요.
못 말리는 사람은 성공할 사람입니다.

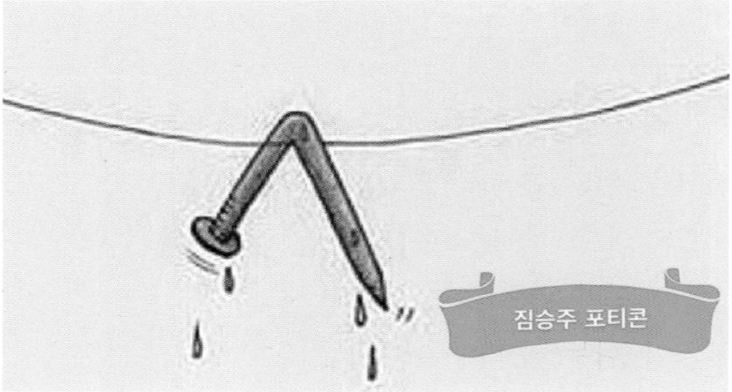

꿈아재 꿀팁

아재개그시인 명언 : 쟤는 못 말린다. 성공할 친구다. 말리지 마라.

여러분이 도전할 일이 있나요? 사람들이 말릴 겁니다. 여러분은 성공할 사람입니다. 도전하세요.

복(福)도 많아요

성공하려면 성공한 사람 곁으로 가라.
행복하려면 행복한 사람 곁으로 가라.

복(福)을 얻으려면
복(福)이 많은 사람 곁으로 가라.

저는 사랑도 많고
저는 열정도 많고
저는 복(福)도 많아요.
제 곁으로 오세요.
복(福)도 나누어 드립니다.
저희 학교에는 아이들이 다니는 복도(複道) 많아요.
저희 학교에 다니는 아이들은 복(福)도 많아요.

복 받으려면 복(福)도 많은 사람 곁으로 가야 합니다.
아이들의 복(福)도 제가 받아서 나누어 드립니다.

해맑은 아이들의 웃음

매순간 최선을 다하는 그들의 열정
내일이 오지 않을 것처럼 노는 체력

그들의 복을 복도(複道) 에서 인사로 제가 받고
여러분에게 나눠 드리겠습니다.

나누어줘도 되냐구요?
나누면 커지는 행복과 기쁨
저는 복 또 많아요!

여러분도 나누면 자기의 복(福)도 더 커집니다. 복(福)도 아낌없이 나누어 줘야합니다.

꿈아재 꿀팁

아재개그시인 명언 : 야아! 복도 많다. 복 또 많아.

복은 누가 가져다 주지 않습니다. 복은 스스로 만드는 것입니다. 주변 사람들을 챙겨 보세요. 복 또 많아 질겁니다.

전 복(福)이 많은 사람

전 복이 많습니다.
왜냐구요?
제가 복이 많다고 말합니다.
제 자신에게 아침마다 주문을 겁니다.

난 무엇이든 할 수 있다.
전 복이 많은 사람입니다.

복을 따오기 위해서는
이미 복을 따 왔다고 상상해야 합니다.
그럼 이미 복은 자기 손에 들어와 있습니다.
전 복을 따왔습니다. 엄청난 복을.

그냥 따왔다고 상상만 해도
전 복이 따라온다고 믿습니다.
그래서 제 주변엔 늘 복들이 가득차 있습니다.

자신의 생각은 말로 표현됩니다.

난 운이 없다. 난 복이 없다.
실제로 자기 주변엔 늘 운도 없고 복도 없게 됩니다.
말하는대로 이루어집니다.

복이 없는 분들은
오늘이라도 시장에 가서 전복을 많이 구입해서
양껏 드시고
소리치세요.
전 복이 많은 사람입니다. 라고

그럼,
전 복이 많은 사람이
될 수 있습니다.

꿈아재 꿀팁

아재개그시인 명언 : 전 복이 많은 사람입니다. 전 복을 이미 따왔습니다.

몸은 우리의 생각을 읽고 변화합니다. 생각이 곧 여러분입니다. 좋은 생각, 밝은 미소, 행동에 대한 책임.
나는 어떤 사람인가요?

다 때가 있다

때가 있다.
누구의 때인가?
이 때가 내 때인가?
이 때가 네 때인가?
자기 때라고 생각하자.
남의 때라고 생각하면 다 놓친다.
자기 때라고 생각하고 그냥 밀어 붙여라.
이 때건 저때건 가리지 말고 한꺼 번에 밀어라.
밀어 붙이면 때때로 되던 일이 시시때때로 밀려온다.
시시때때로 나에게 밀려온 때를 놓치지 말고 잡아라.
한번 잡은 때는 자신의 때라고 생각하고 사력을 다해라.
인생은 타이밍이다. 때가 있다. 한번 지나간 때는
다시 오지 않는다.

때를 묵혀 두지 마라.
지나간 때는 다시 오지 않는다.
오늘 이 때가 내 때이다.

누구나 다 때가 있다.

부끄러워하지 말고 때를 잡아라.

꿈아재 꿀팁

아재개그시인 명언 : 다 때가 있다. 이 때가 내 때다.

때를 미루면 좋은 때는 다 지나갑니다. 올해 여러분이 미루지 말고 꼭 해야 할 3가지는 무엇인가요?

반했다

누가 봐도 멋진 사람들이 있습니다.
시작도 먼저 하고
꾸준함으로 목표에 먼저 도달합니다.

그런 사람들은
일단 시작하고, 그리고 반(1/2)합니다.
그리고 남은 반(1/2)을 또 합니다.
그러니 반할 수밖에 없습니다.
반(1/2)했으니 반할 수밖에 없습니다.

자기 혼자 하지 않고
주변 사람들에게 권합니다.
다른 사람이 반(1/2) 할수 있도록
도와줍니다.
그러니
다른 사람이 반할 수밖에 없습니다.

시작이 반(1/2)입니다.

일단 시작하고 남은 반(1/2)은
할 수 있도록 매일 매일 한걸음씩 가면 됩니다.
그러면
여러분도
반할 수밖에 없는 멋진 사람이 되어 있습니다.

다른 사람의 멋진 노력에 응원해주세요.
"반 했다, 멋지다. 친구야"
이렇게 말이죠.

1/2

꿈아재 꿀팁

아재개그시인 명언 : 반(1/2)했다. 친구야! 같이 반(1/2)하자.

뭘 두려워하세요. 반(1/2)하면 사람들이 반할까봐? 그냥 하세요. 안되면 또 반하면 됩니다.

친분 있다

사람들은 누구나
좋은 사람과 가까이 하고 싶어합니다.
사귀었던 시간도 중요하지만
서로 스킨십도 중요합니다.
만나서 악수도 하고, 포옹도 하고
서로 힘들 땐 어깨도 주물러줘야 친분(親分)이 생깁니다.
친 분이 계셔야 친해집니다.
어색한 사이라구요?
가서 가볍게 토닥토닥 어깨를 쳐주세요.
그리고는 말하세요.
"이제 제가 쳤으니 친 분입니다.
친 분이 생겼으니 서로 잘 지내봐요."
그리고는 당신의 어깨도 내어주세요.
그리고는 말하세요.
"이젠 저의 친 분이 되어 주세요."

가만히 앉아 있으면 친분(親分)이 생기지 않습니다.
먼저 다가가서 말을 건네세요.

자신의 친분(親分)을 먼저 만드는 사람은
누군가의 어깨를 먼저 친 분입니다.
다른 사람의 어깨를 친 분이 되면
누군가가 제 어깨를 친 분이 됩니다.

내가 외롭고 힘들 때 옆에 있는 사람은 더 힘듭니다.
누군가의 어깨를 먼저 쳐 주세요.

꿈아재 꿀팁

아재개그시인 명언 : 토닥토닥, 내가 먼저 친 분(?), 이젠 당신이 친 분(?)

좋은 사람을 곁에 두고 싶으시죠? 먼저 좋은 사람이 되면 됩니다. 어떤 사람으로 기억되고 싶으세요?

모자라지요

세상엔 두 종류의 사람이 있습니다.
자기가 많이 잘났다고 생각하는 사람
자기가 많이 모자라다고 생각하는 사람

잘났다고 생각하는 사람은 별 문제없이 살아갑니다.
실수를 해도, 문제에 부딪혀도 잘났기 때문에
자기를 용서하고 이해하며
큰 자신감으로 다시 도전을 합니다.

하지만 자신이 늘 부족하고 모자란다고
생각하는 사람들은 뭘 해도 부족하고 모자랍니다.

본인이 본인에게 모자란다고 부족하다고
생각하고 이야기하니 몸도 그렇게 위축되는 것이지요.

완벽한 사람은 없습니다.
채워도 채워도 욕심에는 끝이 없습니다.

부족하고 모자란다고 생각하는 사람들은
남과 비교를 많이 하는 사람입니다.
남과 비교를 하는 순간 자신은 초라해지고
키도 작고, 못 생기고, 돈도 적어집니다.

부족할 때는 큰 비교와 욕심보다는
한 단계 위의 것을 찾아야 합니다.

작은 단계로 수준을 조금씩 높여 나가면
어제와 다른 오늘의 자기를 발견합니다.

예전 보다 한층 더 성숙된 생각을 가지면서
커진 생각만큼 머릿속의 크기도 더 커집니다.

이젠 가지고 있던 자신의 모자란 크기를 키울 때입니다.
다른 사람에게 이렇게 말씀하세요.
제가 많이 모자 라아지(Lareg)요.

자신에게 모자란다고 말하는 것과 다른 사람에게
모자란다고 말하는 것은 천지차이입니다.

다른 사람에게 모자란다고 할 땐 이미 많이 알고 겸손의 경지에 이른 것입니다.

"제가 많이 모자 라아지(Lareg)요."
이렇게 말하는 순간 자신의 생각과 크기가 너무 커져서 모자라는 것을 큰 사이즈로 바꿀 기회입니다.

꿈아재 꿀팁

아재개그시인 명언 : 제가 모자 라아지요. 더 큰 걸로 바꾸겠습니다.

다른 사람들이 여러분의 단점으로 이야기 먼저 하기 전에 공식적인 자리에서 자기 단점을 인정하세요. 훨씬 편해집니다. 제가 다리도 길고, 얼굴도 길어요.

니 잘랐다

세상엔 잘난 사람이 너무 많다.

능력

외모

학벌

재력

인맥

독서량

중요한 것은 주눅 들면 끝장이다.

기 죽지 않는 가장 좋은 방법이 있다.

실천해 보라.

1. 가위를 준비하라.

2. 문구점에 가서 종이를 다양하게 구입하라.

3. 그 종이에 다음과 같이 써라.

나는, 내가, 나도, 나름, 나 또한, 뭐든지, 아무렴, 그래도, 못나도 등등

4. 각각 글이 적힌 종이를 준비한 가위로 자르면서 외쳐라.

"나는 잘랐다", "내가 잘랐다", "나도 잘랐다",

"나름 잘랐다" …

자르면 잘라진다.
자르면 잘나진다.
잘랐다 잘랐다 잘랐다
너만 잘났냐?
나도 잘랐다.
난 너보다 더 많이 잘랐다.

잘난사람 잘난대로 살고
못난사람 잘란대로 산다.

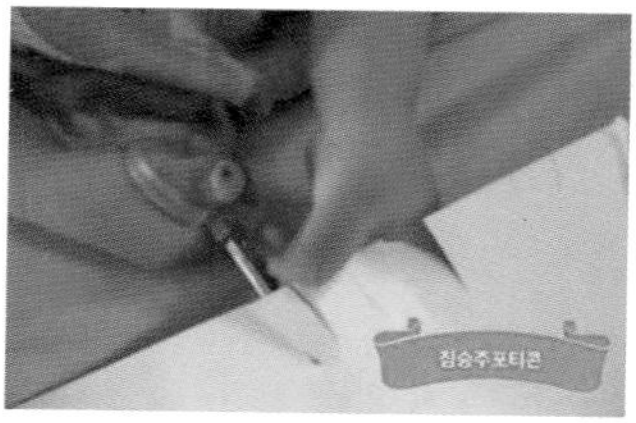

꿂아재 꿀팁

아재개그시인 명언 : 잘났냐? 나도 많이 잘났다.

잘나고 못나고는 지극히 주관적인 평가입니다. 비교대상이 있어야 가능합니다. 내가 잘생겼다 하면 잘 생긴 겁니다. 왜요? 나는 못 생긴 사람과 비교하기 때문이죠.

미쳐야 미친다

미치다.
'공간적 거리나 수준 따위가 일정한 선에 닿다.' 뜻

미쳤다.
수준에 닿았다는 이야기이다.

미쳐야 성공한다.

미친놈
칭찬이다. 성공한 사람에게 해줄 수 있는 말

못 미친놈
욕이다. 성공하지 못할 사람에게 하는 말.

하지만
또라이와 구별해야 한다.

또라이도 미쳤지만 혼자 즐거운놈이다.

미친놈은 미쳤지만 같이 즐거운놈이다.

난 오늘도 이 말을 듣는다.

야이, 미친놈아.

그렇다,
난 내 일에 미쳤다.
내 일을 사랑한다.
그리고 주변 사람들도
함께 미친다.
같이 즐겁다.

아재개그시인 명언 : 미쳤냐고? 고마워. 난 뭐든지 최선을 다하니까 미쳤지.

올해 가장 하고 싶은 것 5가지만 써 보세요. 그 중 1가지는 무엇인가요? 그 1가지를 이루기 위해 가장 중요한 것은? 그 1가지를 이루기 위해 나머지 4가지를 하지 않는 용기입니다.

위로하다

마음이 아프다고 하는 사람들이 너무 많다.
마음도 몸의 일부이다.
운동을 하라. 그러면 마음도 튼튼해진다.

그것도 어렵다고?
그러면 나에게 와라.
내가 위로해줄 수 있다.
머리를 잡고 위로 들어준다.
하지만 나 혼자 위로 하면 많이 위로 되지 않는다.
자신의 힘으로 점프를 해야 한다.
그때 내가 위로 하면 더 많이 위로 된다.

마음이 아플 때, 위로가 필요할 때
중요한 것은 다른 사람의 위로 보다
자신이 탈출하려는 의지가 더 중요하다.

스스로 위로 뛰어올라야 진정 위로가 된다.

꿈아재 꿀팁

아재개그시인 명언 : 우울해? (위쪽을 가리키며) 위로해줘?

누구의 칭찬보다 자신의 칭찬이 가장 큰 위로가 됩니다. 아침에 일어나서 잠들기 까지 자기에게 칭찬을 해 보세요. 매일 위로가 될 겁니다.

힘들다

힘들다.
재미없다.
짜증난다.
이런 말들 하는 분들
쉬잇! 몸이 당신의 말을 듣고 반응합니다.

힘들다 말하면서
왜 자꾸 힘을 들고 가세요?
아, 힘들다.
힘은 내려 놓고 가세요.
어떤 일을 할 때 힘이 빠져야 다치지 않습니다.
운동할 때도 임팩트 순간에는 힘이 빠져야 합니다.
축구의 슛도, 배구의 스파이크도, 탁구의 스매싱도
골프의 드라이브도, 테니스의 스트로크도
힘이 빠져야
최고의 속도와 거리가 납니다.

아, 힘들다 하지 마시고

아, 힘 안들다. 해 보세요.

그럼 정말 힘 안듭니다.

짐승주 포티콘

꿂아재 꿀팁

아재개그시인 명언 : 힘들어? 힘 내려 놓고 가!

감정은 선택입니다. '힘들다', '짜증난다', '우울하다' . 본인은 어떤 선택을 원하시나요? 저는 '힘 안들다', '짜증 안난다', '우울하지 않다'를 선택하겠습니다.

PART

02

제2편
제발

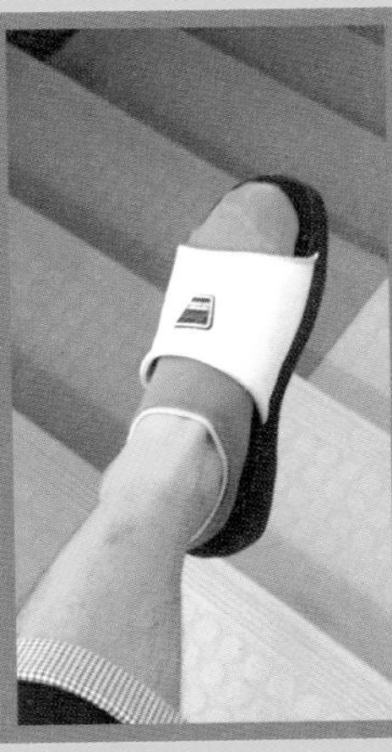

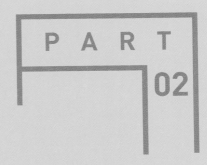

“

회피하면 덜 해피
부딪히면 해피
다시 하면 더 해피

”

잔친날

힘든 일이 생길 때
술을 마시는 사람이 있다.

술은 기분 좋을 때 마셔야 한다.
그때는 좋을지 몰라도 다음 날 더 후회된다.

마시지 말고
잔만 부딪혀라. 잔 친날이 되어야 한다.
잔만 치고 마시는 척 해라.
슬픔과 고통을 잔칫날처럼 즐거움으로 덮어라.

생각하고 생각해서 기분 나쁘지 않을 말이 없다.
"사진 보다 이쁘시네요."
"그럼, 사진은 안 이뻐요?"
"엄마하고 친구 같아요."
"내가 그렇게 늙어 보여요?"
부정은 부정을 낳고 긍정은 긍정을 낳는다.
슬픈날 술 마시면 슬픔을 낳는다.

슬픈 날은
잔 치고 즐거운 날로 바꾸어라.

그럼 다시 좋은 일이 생길 거다.

오늘은 잔 친 날이고 당신의 잔칫날이다.

꿈아재 꿀팁

아재개그시인 명언 : 잔칫날? 잔 친 날이지. 즐거운 오늘을 위하여.

잔만 쳐도 좋습니다. 상대방에게 마시라고 억지로 권하지 마세요. 그 사람은 술 마시는 것을 매우 싫어할지도 모릅니다.

신나지요?

우울하세요?
어디로 가면 신날까요?
누군가에게 즐거움을 받기만 하면
그 즐거움을 주는 사람이 없어지면 신나지 않지요!

즐거움은
내 안에서 끄집어내야 합니다.

스스로 즐거움을 만드는 사람은
어디를 가도, 누구랑 있어도 신나지요.

오예 신난다, 신나!
그런 사람은 신(神)을 모시지 않아요.
자신(自信)이 자신(自神)이지요.

내가 신(神)이니 스스로 즐거움을 창조하지요.
그래서
늘 신 나지요.

꿈아재 꿀팁

아재개그시인 명언 : 신난다, 신나! 신나지요? 신 나지요.

여러분이 신(神)입니다. 자신감(自信感)은 내가 신(神)이라고 믿을 때 나오는 자신감(自信感)입니다. 여러분은 스스로 신(神)이라고 믿습니까?

인생은 고해

인생이 힘들다고 한다.
나만 왜 이렇게 안되냐고 한다.
원래 인생은 힘들다.
인생은 고해(苦海)다.
자기만 힘들다 생각하니 더 힘든 것이다.
다른 사람도 힘들다.
때론 지칠 때도 있고 포기할까 생각도 해본다.
하지만 소중한 자신의 인생
책임감을 가지고 최선을 다하는 것이다.
누가 덜 힘들고, 더 힘드냐의 차이다.
인생은
조금 힘드는 사람이 많이 힘든 사람
위로 하면서 쭈욱 가는 것이다.
인생은 고해(苦海)
힘들어도 Go해
외로워도 Go해
웃으면서 Go해

꿈아재 꿀팁

아재개그시인 명언 : 못해도 고(Go)해! 힘들어도 고(Go)해!

자기만 힘들다고 생각하니 힘든 겁니다. 나도 힘들고 당신도 힘들고, 오늘 힘들어 하는 친구가 누구일까요? 전화해 보세요.

감기

몸은 마음의 집이지요.
몸이 건강해야 마음이 편히 들어가서 쉴 수 있어요.

몸이 건강하지 않으니
나쁜 병균이 몸에 감기지요.
건강한 사람은 바쁘게 움직이고
운동하고, 즐거운 에너지를 지녀서
병균이 몸에 안 감기지요.
감기일 수가 없지요.

우울해요.
마음이 아파요.
하는 분들은 뭐든지 몸에 잘 감기지요.

마음의 집부터 튼튼히 해 보세요.
감기나 안 감기나
아마 안 감기일 겁니다.

꿂아재 꿀팁

아재개그시인 명언 : 감기 조심해? 난 평소에 건강관리 잘 해서 몸에 안 감기입니다.

여러분은 1년에 몇 번 정도 감기에 걸리시나요? 자주 걸린다는 것은 건강관리를 안한다는 증거? 바쁘게 운동하시고, 좋은 것 많이 드시고, 술 끊어 보세요. 몸에 감기가 감기나 안 감기나?

비웃지 마라

비웃지 마라.
너한테 잘 보이려고 하는 것 아니다.

비웃지 마라.
넌 처음부터 잘했냐?

비웃지 마라.
세상엔 너보다 훨씬 고수가 많다.

비웃지 마라.
난 나를 믿는다.

조금만 기다려라.
나의 꾸준함으로 너의 재능을 이겨주마.

꿀아재 꿀팁

아재개그시인 명언 : 비웃지마라. 너한테도 비웃음이 돌아간다.

상대의 아이디어나 생각에 비웃은 적이 있나요? 비웃음이 아닌 환한 웃음으로 응원해주세요.

별 볼 일 없다

별 볼 일 없는 사람은 없습니다.
누구나 다
존재 자체로
빛나는 사람입니다.

누구랑 비교하면
보잘것없어 보입니다.
다른 사람은 잘나가고
하는 일마다 잘되고
나만 되는 일이 없는 것처럼 느껴집니다.

별 볼 일 없는 사람인가요?
어두운 곳으로 가서
혼자만의 시간을 가지세요.
자신이 누구인지 되돌아보고
내가 잘하는 게 무엇인지 찾아보고

그리곤 밤하늘을 보세요.

별 볼 일 있는 사람이 될 겁니다.
별이 보이지 않는다구요?
그럼, 대낮에 태양을 보세요.
태양이 별이라는 사실을 까맣게 잊고 사시는 겁니다.

사실
별 볼 일 없는 사람은
별 볼 일 있는 사람을 보는 눈이 없는 것입니다.
별 볼 일 있는 사람 곁으로 가세요.
그리고 무엇이든 배우다 보면
별 볼 일 있는 사람이 될 것입니다.

별은 함께 찾아서 바라볼 때 더 빛나 보입니다.

꿈아재 꿀팁

아재개그시인 명언 : 별 볼 일 없나? 별 보러 가자.

멀리서 찾지 마세요. 행복은 가까이 있습니다. 태양이 별이라는 사실을 잊은 것처럼. 주변의 작은 것들이 행복의 원천입니다. 나에게 행복을 주는 작은 것들은?

잘한다

잘한다 잘한다 하면
실력이 자란다.

잘한다 잘한다 하니
자신감도 자란다.

잘한다 잘한다 했더니
못해도 자란다.

잘한다 잘한다 하면
몸도 마음도 다 자란다.

못했도 잘한다 잘한다 하면서
잘할 때까지 기다려주면
언젠가는 다 자란다.

꿈아재 꿀팁

아재개그시인 명언 : 잘한다. 자란다. 시시때때 자란다.

잘하면 칭찬을, 못하면 더 칭찬을, 그래도 잘 하지 못 하면? 비 올 때까지 기우제 지내는 인디언처럼 잘할 때까지 칭찬하기 ^^

한계(限界)란?

한계 있음
한계 없고
한계 없음
한계 많다

너의 한계
니가 한겨
나의 한계
내가 한겨

우리 삶의
한계 설정
마음 먹기
나름 일세

나의 한계
끝이 없다
너의 한계
무궁 무진

꿈아재 꿀팁

아재개그시인 명언 : 한계란, 두계란, 세계란, 네계란, 나의 한계란? 끝이 없다.

"노래를 못해요.", " 춤을 못춰요."
내 능력의 한계를 스스로 정하는 말들입니다. "노래? 좀 합니다.", "춤? 좀 춥니다." 라고 말하는 순간, 내 한계는 사라집니다.

위로? 위로가 !

아픔 없는 사람 없고 상처 없는 사람 없다.
아픔 적은 사람들이 아픔 많은 사람들을
위로해 주고 격려해면서 함께, 행복하게 가야지!

위로하면 기분 위로 되고
아래로 하면 기분 다운 되고

그래서 산 위로 그래서 그래서 바다 위로
그래서 하늘 위로 , 위로, 위로, 위로 가자.

아재개그시인 명언 : 위로 필요해? 같이 가자 산 위로, 하늘 위로!

폴짝폴짝 뛰어보세요. 잠자고 있던 나의 끼와 에너지가 튀어나올지도 몰라요. 가만히 앉아 있으면 가라 앉아요. Down 되요. 같이 위로 올라가요.

어색하면 만나요! 만나면 맛나요!

어색하면
우리 만나요.
함께 만나요.

만나보면
우린 맛나요.
함께 맛나요.

만나서 먹다보면
서로의 맛난 인생 이야기를 만나요.

혼자 먹는 것 보다 함께 먹는 것이 더 맛나요.

맛나려면 만나고 만나면 맛나요.

혼자보다 함께 먹어야 뭐든지 맛나요.

혼영, 혼밥, 혼술 이젠 그만 ^^

꿈아재 꿀팁

아재개그시인 명언 : 우리 만날까? (만나서) 만나니 맛나지? 자주 보자.

오늘 누구를 만나세요? 사람을 만난다는 것은 그 사람의 맛난 인생 전체를 만나는 겁니다. 만나기 위해 맛나는 곳 준비를 많이 하세요. 그 사람을 생각하면서.

Reader해야 Leader한다

君君臣臣父父子子
임금은 임금답게
신하는 신하답게
아버지는 아버지답게
아들은 아들다워야 한다.

훌륭한 리더(Leader)가 되고 싶은가?
리더(Reader)부터 되어야 리더(Leader)가 될 수 있다.

리더(Reader)해야 리더(Leader)되고
리더(Reader)되지 않으면
리더(Leader) 되지 않는다.

누구에게 리더(Leader)가 되기 전에
자기부터 리더(Reader)가 되어라.

꿈아재 꿀팁

아재개그시인 명언 : 여기 누가 리더(Leader)입니까? 우리 모두가 리더(Reader)입니다.

성공한 사람 중에 훌륭한 리더(Reader)가 아닌 사람이 없었습니다. 그럼 성공하려면? 지금 당장 Reader가 되세요.
지금 내가 읽는 책의 제목은?
그 책이 여러분의 미래입니다.

알면 되나요?

아는 것과 실천하는 것은 천지 차이

너무나도 넘쳐나는 정보

공복유산소가 중요해요.
탄수화물의 양을 줄여야 해요.
저녁 7시 이후 식사 하면 안 되요.
체중 감량보다는 눈바디가 중요해요.

다들 다이어트 전문가

알면 되나요? 지금도 드시고 계신데?
지금 야식 드시는 중인가요?

맛있는 것이 너무 많은 세상
알면 되나요?
이제부터 알면 안됩니다.
절제면, 실천면이 더 중요한 시대

꿂아재 꿀팁

아재개그시인 명언 : 알면 됐다구요? 이제부터 알면 안돼요. 절제면, 실천면부터.

때로는 무식할 때가 제일 용감합니다. 누군가의 이야기를 듣고 실천하기 보다는 내가 먼저 하고 결과를 만들어 보여주세요. 스스로를 몇 % 믿나요?

단단하면 당당하다

알 수 없는 불안함
밀려오는 공포
사람들 앞에 초라한 나

당당해지고 싶고...
더 잘하고 싶고...
그러고 싶은가?

단단하면 당당하고
단단하면 쫄지 않고
단단하면 쫄아도
많이 줄어들지 않는다.

단단해져라.
운동으로 단단
마음까지 당당

단단하면 당당하고

당당하면 단단해진다.

지금 당장 신발 끈을 묶고
운동부터 시작해라.

단단해질 거라고 온
세상에 알려라.
곧 당당해질 것이다.

꿈아재 꿀팁

아재개그시인 명언 : 당당해지고 싶으세요? 운동부터 해서 단단해지세요.

몸은 여러분의 절제와 실천력으로 만들어진 결과입니다. 당당해지세요.
자신이 원하는 몸을 만들어 보세요. 생각보다 어렵지 않습니다. 남을 바꾸는 일보다 훨씬 쉬울 겁니다. 나를 바꾸면 세상이 바뀝니다. 오늘부터 시작할 운동은?

씻을 수 있나? 그럼 시 쓸 수 있다

시를 배워야 하는 이유?
사물과 말을 하기 위해서!

사물과 말을 해야 하는 이유?
다른 사람이 듣지 못하고 보지 못한 것을 보기 위해서!

다른 사람이 듣지 못하고 보지 못한 것을 봐야 하는 이유?
작고 소중한 것들에 대해 놓치지 않고 감사하기 위해서!

시를 배우면 사물이 내게 말을 걸어온다.
작은 것에 감사하는 사람만이 들을 수 있다.

시 쓰려면? 씻어야 한다. 눈과 마음부터 씻어야 한다.
깨끗한 눈과 마음을 가져야 시 쓸 수 있다.

자신을, 주변을 돌아볼 여유가 없는 사람은
대충 씻는다. 씻을 여유도, 시 쓸 여유도 없다.

자신을 사랑하고 주변을 사랑하는 사람은
눈과 마음부터 씻는다.
씻을 여유도 시 쓸 여유도 있다.

두 사람이 같은 곳을 바라봐도
시 쓰는 사람은 긍정적인 부분만 보고
들리지 않는 소리까지 듣는다.
감옥 창살 넘어 물 웅덩이를 볼 것인가?
감옥 창살 넘어 무지개를 볼 것인가?

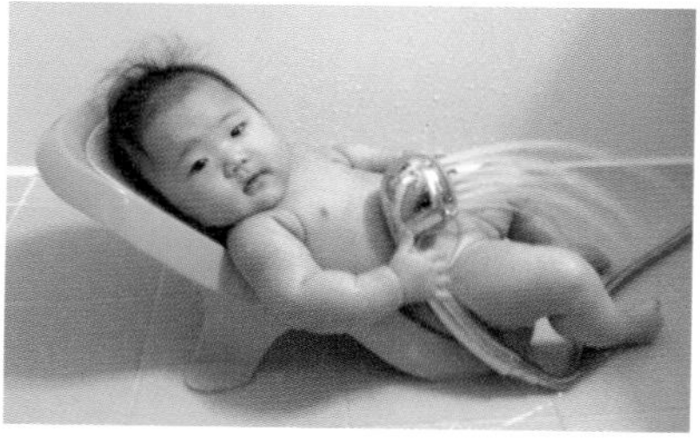

나는 여유있게
씻을 수 있다.
나는 여유있게
시쓸 수 있다.

꿈아재 꿀팁

아재개그시인 명언 : 시 쓸 수 있나? 네! 여유있게 씻으면 시 쓸 수 있다.

삶의 여유를 찾으세요. 바쁘다. 바쁘다. 하루 종일 입에 달고 다니는 사람은 죽을 때도 바빠서 사랑하는 사람들에게 사랑한다는 말도 못하고 갑니다.

별나다? 특별나다!

별나다, 별나다, 참 별나다 !
듣기 싫으신가요?

개성 있어야 한다면서
톡톡 튀어야 한다고 하면서
별나다는 말 듣기 싫어하지요?

개성 있게 표현한다면서
길거리에 유행하는 헤어스타일
사는 옷은 전부 유행하는 옷들

내가 입으면 패션이 되고
내가 만들면 유행이 되어야 합니다.

어느 누가 만든 건지 알 수 없는
유행 따라 패션 운운

별나지요 별 나지요 별이 나입니다.

그래서 별 나지요.
특별 나지요.

별나다. 이미 나는 별이다.

홀로 빛을 내는 별.

빛나는 내 몸이 명품이면
어떤 옷을 입어도
어떤 것을 걸쳐도 명품이지요.

별난 사람에게 이렇게 말해주세요.
특별나다 특별나 듣기 좋은 말이네요.
별나지요? 특별나지요.

당신도 나도 이미 별이고 특별나게 빛나고 있습니다.

꿈아재 꿀팁

아재개그시인 명언 : 별나다? 별나다? 참, 특별나다. 특별나.

생각이 곧 그 사람입니다. 나는 다른 사람보다 더 특별한 사람입니다. 당신은 다른 사람보다 어떤 점이 더 특별난 사람인가요?

스타

밤 하늘에 빛나는 별 한자로는 항성(恒星) 영어로는 Star(스타)

스타가 스타인 이유는? 스스로 타기 때문이죠.
수소와 헬륨을 원료로 매일 스스로 타서 빛을 내죠.
그래서 스타라고 합니다.

TV에 나오는 스타들도 마찬가지 스스로 노력해서 빛을 내야 진정한 스타 다른 사람의 칭찬이나 선플로 스타라 생각하면 악플이나 비난 받을 땐 스스로 빛이 꺼져버리죠. 진정한 스타가 아닌거죠.

진정한 스타는 매일 자신의 에너지를 원료로 빛나는 몸과 마음을 만들지요. 누구의 칭찬이나 비난에도 아랑곳하지 않고 자신의 길을 묵묵히 한걸음 한걸음 걸어가지요.

우리 곁에 오래 사랑받는 TV 스타들이 바로 그런 사람이지요.

반짝하고 사라지는 스타들은 스스로 빛을 내지 못한 반짝스타지요. 자신이 스타인 줄 알고 착각한 가짜 별 자신의 인생을 바닥으로 내려 앉히는 똥같은 별. 별똥 별 순간 반짝이고 사라지는 스타가 아닌 별똥스타.

우린 누구에게나 스스로 빛을 낼 원료를 자기 몸속에 지니고 있지요?

그걸 모르고 파랑새 찾듯이 이곳저곳 가서 원료라고 생각해서 채워 넣지만 오래 태울 수 없는 1회용 원료이지요.

자신의 연료를 끄집어 내는 유일한 방법은 자신의 내면을 들여다 보고 자기 칭찬의 불쏘시개로 붙여서 스스로 타도록 도와야 하지요. 당신은 스타인가요?

꿈아재 꿀팁

아재개그시인 명언 : 스타? 스스로 타야 스타지!

당신은 스타인가요? 아침에 일어나면 영화촬영이 시작됩니다. 당신이 주인공인 영화가 촬영됩니다. 당신은 어떤 영화의 주인공이고 싶은가요?

독(讀)하면 독(獨)하고 독(獨)하면 독(毒)해진다

혼자 있기가 두려운가?
다른 사람과 늘 함께 하는 시간들
하루 중 혼자 있는 시간은 얼마나 될까?

고수는 혼자서도 잘 노는 사람이라고 한다.
독서를 하면 책에 있는 저자가 내 귀에 대고 이야기를 한다.
혼자 있는 시간이 아니다.
고수들에게 이야기를 듣고 있으면 내가 강해진다.
홀로(獨) 지낼 시간이 두렵지 않다.
독(讀)하면 독(獨)할 수 있다.

혼자 있는 시간이 길어질수록
자신을 돌아볼 시간이 늘어난다.
나는 누구인가? 나의 미래는 어떻게 될까?
내가 가진 강점은 무엇인가? 나의 사명은 무엇인가?
조직에서 최고의 성과를 내기 위한
경영시스템은 무엇인가?

독(獨)하면 독(毒)해지고
강해진다.

타인과 보내는 시간도
소중하다.
하지만 객관적으로 나를
볼 수 있는 혼자만의
시간이 필요하다.
함께 있을 땐 그 모습이
보이지 않는다.

독서를 해서 독(讀)해져라.
혼자(獨)있는 시간을 즐겨서 강해(毒)져라.

독(讀)하면 독(獨)하고 독(獨)하면 독(毒)해진다.

꿂아재 꿀팁

아재개그시인 명언 : 독한 놈? 고마워. 난 또 독한놈이다.

외로움과 고독은 다릅니다. 스스로 선택한 고독에 우린 더 독(毒)해지고 강해집니다. 일 년에 책을 몇 권 읽나요?

말 나온 김에

나중에 신청할게요.
내일부터 할게요.
다음에 할게요.
생각해 볼게요.
준비되면 쓸게요.
아직 시기가 아닌 것 같아요.
지금은 바빠서 내년부터 할게요.

혹시 나는 이런 말들을 많이 쓰진 않나요?

지금 당장 하세요.
오늘부터 하세요.
말 나온 김에 당장 하세요.
다음, 내일, 내년에, 준비되면, 아직, 상황이,

아마 내년에도 같은 말을 하고 있는 것은 아닐까요?

말 나온 김에 지금 하세요.

하기 어렵다구요?

그럼 말 나온 김 한 장 드릴까요?
말 나온 김 한 장에 행동하나 싸서 드실래요?
그럼 당장 하실텐데.

꿂아재 꿀팁

아재개그시인 명언 : 안 할래? 말 나온 김에 하자. 여기요! 말나온 김 한 봉지 추가요.

지금 당장 하지 않으면 언제 할까요? 오늘부터 당장 해야 할 일을 써 봅시다.

마이크지요

크게 성장하고 싶으신 분?
마이(많이) 크고 싶으신 분?

방법은 하나
다른 사람 앞에서 마이크를 자주 잡으세요.

처음에 생겼던 두려움은 조금씩 작아질 것입니다.

두려움은 '자주' 라는 단어를 접하면
작아지게 마련입니다.
마이크를 들고 자주 서 보세요.
해법은 마이크지요.

여러분이 마이크를 많이 잡고 말하시면
마이(많이)크지요.

어짜피 우리들의 몸은
마이크보다 마이(많이)크지요.

그러니 위축되지 마세요.

여러분은 충분히 마이크보다 마이크지요.

꿈아재 꿀팁

아재개그시인 명언 : 마이(많이) 크고 싶지? 마이크 잡아! 봐, 네가 더 마이크지요.

작은 성공경험을 주세요. 여러분에게 자신감을 줄 것입니다. 같은 자리에서 반복연습해 보세요. 그 자리가 작아보이고 본인이 많이 커 보일 겁니다.

회피 안하면 해피

도망간다고 피할 수 있나요?
영원히 피할 수 있다면 피하는 게 맞구요.

그렇지 않으면 그냥 부딪히세요.
어짜피 이기거나 지거나 둘 중 하나예요.
이기면 기분 좋고 지면 다시 이길 이유가 생기니 더 기분 좋지요.

회피 안 하면 해피하고
해피 하려면 회피 안 하고

회피하면 덜 해피
부딪히면 해피
다시 하면 더 해피

경험만큼 멋진 선물은 없어요.
해피하면 덜 회피
돈으로 살 수 없는 해피

실패 경험도 해피

실패 안 하려고 회피하면 덜 해피

꿈아재 꿀팁

아재개그시인 명언 : 두렵다고 회피하지 마라. 회피하면 덜 해피 ^^

부딪히고 즐기세요. 누구를 위해 잘 보이려고 애쓰지 말고. '실패'가 아니라 '근접 성공'. 부딪힐수록 성공에 가까이 온 것입니다.

PART

03

제3편

누가 대변해주나요?

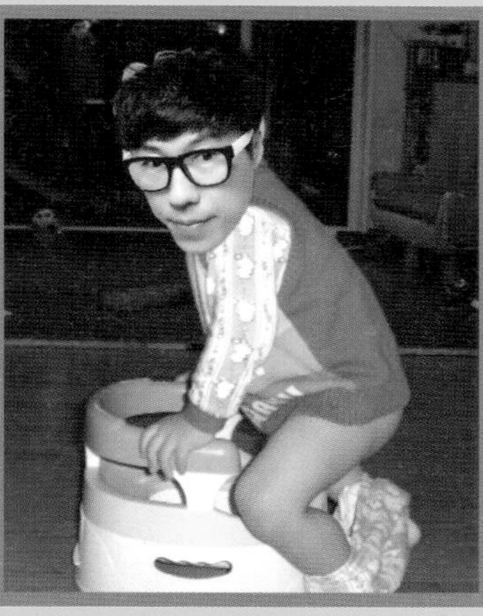

“

나이가 들어서도

많은 도전을 하여 이룬 것이

많으면 젊은이

”

Drumer is Dreamer

꿈은 우리 머리 속에서 쉽게 나오지 않아요.
마음 속에 가둬두지요.
생각으로만 머물면 안됩니다.
꺼집어 내야 합니다.
다른 사람들에게 말해야 합니다.

그러려면 두드리세요. 때리세요.
스틱을 들고
"내 꿈아, 나와라."
"난 작가가 꿈이야."
"난 대학강의가 꿈이야."
"난 시인이 되고 싶어."
말하면서 쳐 보세요.
Do Dream 두드림? 열림?
이루어짐?
Drumer 가 Dreamer입니다.
두드리는자만이 꿈을 이룰 것입니다.

꿈아재 꿀팁

아재개그시인 명언 : 두드리면 꿈이 이루어진다. Do Dream ?

생각만 하지 말고, 노트에 써 보세요. 그리고 다른 사람에게 말해보세요. 꿈은 이미 여러분에게 열려 있을 겁니다.아무에게도 말하지 않은 나의 꿈은?

행복한 시간, 행복 한 시간

행복한 시간 되세요.
행복 한 시간 되세요.
한 시간만 행복하면 하루가 행복합니다.
아침 한 시간 행복을 만드세요.
독서, 글쓰기, 운동 무엇이든지 자기를 위한 시간입니다.
행복 한 시간 만들다 보면 행복 두 시간, 행복 세 시간

책 속에 다른 이의 생각을 만나고
글쓰기에 내가 보는 나를 만나고
운동에서 내가 몰랐던 내 몸속의 나를 만나는
행복한 시간입니다.
지금 행복하지 않으면서
내일이 행복하길 바라지 마세요.
지금 당장 행복한 시간을 만드세요.
행복? 한 시간이면 하루가 충분히 행복한 시간입니다.

꿈아재 꿀팁

아재개그시인 명언 : 행복한 시간 만드세요. 아침 한 시간이면 행복 한 시간 됩니다.

누구에게나 똑같은 하루 24시간이라구요? 주어진 시간은 절대적이지만 사용하는 시간은 상대적입니다. 나만의 행복한 아침 활동은 무엇이 있나요?

늴리리 만보

♬늴리리야 늴리리 늴리리 맘보♬
♬늴리리야 늴리리 늴리리 맘보♬

사람이 걷지 않고 차를 타면서
병이 생기기 시작했어요.
가까운 거리는 걸으세요.

모든 게 습관이에요.
만보기 차고 매일 만보 정도 걸어 보세요.
몸이 즐거워합니다.
있던 병도 사라집니다.
몸이 늴리리야 늴리리 하며 노래를 할거에요.
만보 걷기 운동
당신은 하루에 얼마나 걷나요?

만보 걸으면 몸이 기분 좋아 외치는 소리
늴리리야 늴리리 늴리리 만보

꿈아재 꿀팁

아재개그시인 명언 : 오늘 걷기 몇 보? 난 늴리리 만보

모든 게 습관입니다. 일부러 차를 목적지보다 조금 멀리 주차하고 걸어보세요. 몸이 즐거워질겁니다. 저는 아파트 주차장에서도 제일 먼 곳에 주차해요.

삶은 계란 Life is egg

각양각색
말도 많고 탈도 많은 인간관계
그 속에서 살아남기

삶이란 계란처럼 둥글둥글
이래도 허허허허
저래도 히히히히
내가 조금 적게 먹고
네가 조금 많이 먹고
서로서로 양보하며
주거니 받거니
둥글둥글 사는 인생
삶은 계란처럼 둥글둥글
life is egg
삶 = 계란
동양이나 서양이나 매 한가지
둥글둥글 모나지 않게
살아갑시다.

꿂아재 꿀팁

아재개그시인 명언 : 삶은 무엇인가요? 삶은 계란처럼 둥글둥글하게 사는거라오.

남에게는 관대하고 나에게는 더 관대하고
급할 것 있나요? 천천히 하세요. 옆 사람 뭐하는지 챙겨보세요. 천천히 함께 가요 우리 !

열나 이뻐요

몸은 매우 정교한 몸시계
이상한 음식 먹으면 설사 해서 내보내기
많이 먹어서 필요 없으면 지방으로 저장하기
몸에 병균이 들어오면 열 내서 치료하기

아이들의 몸은 그래서 자주 열난다.
새로운 병원균과 싸우는 중이다.
이겨내고 건강해지고 더 이뻐진다.
열나면 열나 이뻐져요.
아프면 그만큼 더 이뻐지려고 열나는 중이랍니다.

사랑도 마찬가지
그 사람이 좋아서 안 보면 열나게 보고 싶지요.
보고 싶어 병이 나면 앓아 누워서 열나지요.
열나서 사랑을 앓고 나면
한층 더 성숙해져서 더 이쁜 사랑합니다.
열이 내려가 듯 상대편을 편하게 내려주기도 하고
열나 짜증내 듯 말했는데

열 내려서 더 사랑이 깊어지지요.

열나게 사랑하고, 열나게 일 해 보세요.
사랑도 일도 한층 더 성숙해 질 겁니다.

꿈아재 꿀팁

아재개그시인 명언 : 열나게 사랑하고, 열나게 일합시다.

몸이 주는 고마운 신호. 언어의 온도처럼 몸의 온도(체온)로 우리에게 알려줍니다.
지금 쉬어야 합니다. 무리하지 마세요. 몸의 이야기에 귀를 기울이세요.

즐거움, 즐거 움ㅜㅜ

당신의 삶에 즐거움이 가득한가요?
즐겁다 생각하면 즐겁고
짜쯩난다 생각하면 짜증나고
생각이 곧 말이 되고 몸을 지배하게 되는 신기한 힘
우리의 몸은 생각을 읽고 변화해요.

그냥 우는 것도 좋지만
즐거워서 , 얼마나 즐거우면 울까요?
그래서 즐거 움ㅜㅜ 엉엉
만나서 즐거 움ㅜㅜ
신나서 즐거 움ㅜㅜ
날이 좋아서 즐거 움ㅜㅜ
비가 와서 즐거 움ㅜㅜ

오늘도 즐거 움이 가득한 하루 만드세요.

꿈아재 꿀팁

아재개그시인 명언 : 즐겁나? 즐거 움? 눈물나도록 신나게 즐겨보자.

웃을 일이 없다구요? 눈물 나도록 실컷 웃어보세요. 웃을 일이 생길 겁니다. 웃음도 습관입니다. 3.3.7.박수에 맞춰 손뼉치며 웃어보까요? 하하하 하하하 하하하하하하하.

기타등등 기세등등

끝이 없는 배움의 길
레크리에이션
기타
줄넘기
마술
매직풍선
배드민턴
탁구
스키와 스노보드
배구
난타
장구
기타 등등
많이 배우면 든든해진다.
기타등등 기세등등
인간이길 포기하는 자
배움을 게을리 할지어다.

꿈아재 꿀팁

아재개그시인 명언 : 이번엔 뭐 배울래? 기타? 기타등등 많이 배워야. 기세등등

배움의 즐거움은 인간이 가진 고유의 특권입니다. 꿈을 꾸고 배우는 자는 늙지 않습니다. 당신이 요즘 배우는 것은 무엇인가요?

Steve jobs, 난 스치면Jobs

스티브 잡스의 명언
당신의 시간을 허비하지 마라.
항상 갈구하라. 바보짓을 두려워말라.
함께 내일을 만들어 나가자. 과거에 연연하지 말고.

난 시간을 허비하지 않는다.
오늘만 산다.
그렇게 살다 보면 스치기만 해도 직업이 된다.
초등교사
줄넘기 강사
레크레이션 강사
전문 MC
전문강사
작가
꿈트레이너
댄스마술사
아재개그시인
유투버

바보 소리 들으며 꿋꿋하게 하다 보면
수익은 따라온다.

난 jobs러운 사람이다. 이것저것 하고 싶은 게 너무 많다.
꿈이 많다.
오늘도 바람에 별이 스치운다.
오늘도 나에게 새로운 배움이 스치운다.
난 스치면 직업이 되는
스치면jobs다.

꿈아재 꿀팁

아재개그시인 명언 : 시티븐 잡스? 난 스치면잡스, 내가 더 jobs럽니다.

간절함을 만드세요. 왜 이 일을 꼭 해야만 하는지. 그 간절함이 여러분에게 새로운 job을 만들어 줄 것입니다. 수익은 여러분 뒤에 따라오는 덤입니다.

늘 그런이가 늙은이

만나자 마자 나이 묻는 대한민국 사람들
의미 없는 숫자 , 나이
의미 있는 출생년도

나이가 들어서도 아무것도 이룬 것이 없으면 늙은이
나이가 들어서도 많은 도전을 하여 이룬 것이 많으면 젊은이

새로운 변화가 두려워 아무것도 하지 않으면 늙은이
새로운 변화가 두렵지만 늘 도전하면 젊은이

늘 그런이는 늙은이
늘 안그런이는 젊은이

실패는 성공의 어머니
실패 : 얘, 성공아!
성공 : 네, 어머니!
실패 : 성공은 늘 새로운 도전을 통해 수많은 실패 속에

서 나오는 거란다.

성공 : 네, 어머니. 저도 새로운 도전을 할게요.

꿈아재 꿀팁

아재개그시인 명언 : 늘 그런이는 늙은이, 늘 안그런이는 젊은이.

새로운 일에 도전하세요. 두려움은 사실 다른 말로 설렘입니다. 성공의 또 다른 말 '도전'. 올해 꼭 도전할 목표는 무엇인가요?

저기압일 땐 고기앞으로

우울할 땐 울면?
짜증날 땐 짜장면?
저기압일 땐 고기앞으로?

살다보면 이런 날도 있고 저런 날도 있고
아, 그럴수도 있고 아, 저럴수도 있고

사람의 능력 고기서 고기
행복의 양도 고기서 고기

모든 게 마음먹기 나름
세상에 가장 먹기 편한 게 마음먹기

기분이 울쩍, 자존감이 낮아지면
씹어라.
씹고 물고 뜯고 할 대상이 필요
잘근잘근 씹어라!
그래야 기분도 쾌청

참지 마라.
별거 없는 인생
고기서 고기다.

기분이 저기압일 땐
반드시
고기앞으로 가라

꿈아재 꿀팁

아재개그시인 명언 : 우울할 땐 다른 사람 씹지 말고, 고기 씹어라. 얼른 고기앞으로 가라.

아, 그런날도 있고, 아, 이런 날도 있고. 맑은 날만 계속 되면 사막이라고 하잖아요. 오늘 고기 먹고 고기서 만나요!

Think 하면 Thank, Thank 하면 think

결과의 차이는 생각의 차이
감사의 양이 행복의 양
산만한게 아니라 관심이 많은 것
Think 하면 Thank

감사합니다. 고맙습니다.
코뼈 밖에 안 부러져서 감사합니다.
차폐차 되어도 나는 멀쩡해서 감사합니다.
Thank 하면 Think big

생각의 차이는 결과의 차이
감사의 양이 행복의 양
소심한 게 아니라 진중한 것
Think 하면 Thank

감사합니다. 고맙습니다.
우리 아이 공부 못해도
옆집 아이처럼 병원 자주 안 다녀서 감사합니다.

Thank 하면 Think big

모든게 Thank

Think가 모든 것

아재개그시인 명언 : 감사합니다. 감사합니다. 영어로 쌩큐, 중국어 쎄쎄, 일본어로 아리가또 라고하지요.

감사의 양이 행복의 양입니다. 감사합니다. 또 감사합니다. 자꾸 감사합니다. 이런 감사합니다. 아, 행복합니다. 여러분은 하루에 '감사합니다' 몇 번 말할까요? 오늘 한번 세어 보세요.

나이다, 무엇이든 할 수 있는 나 이다

술 마시는 양의 개인차이
달리기 하는 속도의 개인차이
운동하는 능력의 개인차이
노래하는 솜씨의 개인차이
그들의 습관이 만들어낸 개인차이
반복하는 습관으로 간격을 좁힐 수 있는 개인차이

나이를 먹는 개인차이
나이보다 젊어 보이는 개인차이
나이보다 늙어 보이는 개인차이
나이를 말하기 곤란한 개인차이
그들의 습관이 만들어낸 개인차이
반복하는 습관으로 간격을 좁힐 수 있는 개인차이

숫자에 불과한 나이
의미 있는 출생년도
의미 없는 자기 나이

30대 같은 50대
20대 같은 40대

무엇이든 할 수 있는 나이다.
무엇이든 할 수 있는 나 이다.
건강한 나 이면 무엇이든 할 수 있는 나이다.

의미 없는 숫자의 나이다.

나 김승주는 무엇이든 할 수 있는 나이다.

꿈아재 꿀팁

아재개그시인 명언 : 난 뭐든지 할 수 있는 나이다. 그런 나 이기를 바람.

유독 나이에 민감한 대한민국 사람들. "이 나이에 내가 하리?" . 이 나이에 안 하면 다음 생애 도전해야 합니다. 누가 나이 물으면 이렇게 대답하세요. "20세 때 나이와 겁대가리를 상실해서 기억이 안나요." 라고.

내일을 만들면 내 일이 된다

내일은 내일의 태양이 뜬다(?)
오늘 일을 내일로 미루자(?)

미래를 예측하는 가장 훌륭한 방법은
바로 미래를 직접 만드는 일이다. – 피터드러커

내일을 만들고 싶으세요?
운동으로 만든 멋진 몸매, 프로젝트의 성공적인 발표
원하던 배낭여행 모습, 출간기념회 사인하는 작가

눈을 감고 이미 이루어진 일처럼 상상해 보세요.
꿈이 생생하지 않으면 그건 꿈꿈, 이뤄지지 않아요.

꿈을 생생하게 그릴 수 있으면 그건 꼭꼭,
이뤄질 수 있어요.
상상으로 내일을 만들면, 내 일이 됩니다.
내 일이 되면 또 내일을 신나게 보냅니다.

내 일과 내일을 준비하는 하루

too 말로(tomorrow), 더 이상 말할 필요가 없습니다.

two 말로(tomorrow), 두 번 이상 말할 필요가 없습니다.

내일 드디어 준비했던 시험입니다.

두려우시죠?

상상하세요.

시험 합격하고 이 곳

저 곳 합격 소식 전하는

모습을 내일을 상상하여

내 일을 만드신 겁니다.

축하드립니다.

꿈아재 꿀팁

아재개그시인 명언 : 내일 내 일의 태양이 뜬다. 태양같은 내 일 사랑합니다.

미래를 만드는 가장 좋은 방법은 글이나 그림으로 기록하면 됩니다. 지금 당장 연필을 준비하세요. 이루고 싶은 꿈 목록을 써 보세요.

우주라이크 우주?

집 우 , 집 주
우주는 우리의 집이다.
내가 살고 있는 집
나를 담고 있는 집
그 중심에 내가 들어가 있다.
내가 우주의 중심이다.

모든 일에 내가 중심을 잡아야 한다.
아침부터 늦게 일어나 허둥대면 중심이 무너진다.
하루종일 바쁘게 돌아간다.
바쁘다. 바쁘다.
중심을 잡고 미리 계획하고 예측하면
바쁠 일은 없다.
내 중심으로 모든 것들이 움직인다.

내가 곧 우주다.
우주를 닮아야 한다.
좋으면 서로 닮는다.

좋아해야 좋아진다.

당신은 우주인가요? 당신은 우주를 좋아하나요?

Would you like 우주?

꿈아재 꿀팁

아재개그시인 명언 : 좋아해야 닮습니다. 우주라이크 우주?

여러분이 곧 우주입니다. 내가 주인공이고 모든 게 나를 중심으로 돌아가야합니다. 세상이 만든 원칙에 순응하지 마세요. 내가 만든 원칙으로 세상을 움직이세요. 여러분이 만든 원칙은?

등대

소도 비빌 언덕이 있어야 기댄다.
사람도 그렇다.
삶의 표본이 되고 편한 사람에게 기댄다.

"나에게 기대! 등 대어 줄게."
등 대어 주는 이는 등대가 될 수 있다.
누군가에게 등과 어깨를 내어준다는 것
상대방이 지쳐 보이는 게 보인다는 것
내가 힘들고 지치면 보이지도 않고
보여도 내 몸 챙기기 바쁘다.
내 몸 힘들 때 등 대어 주면

내가 건강해야 등 대어도 등대가 된다.

누군가에게 삶의 표본이 될 사람
등 대어줄 사람
그 사람은 내 삶의 등이다. 등불이다.
내 삶의 등대이다.

꿈아재 꿀팁

아재개그시인 명언 : 나에게 기대, 등 대어줄게.

여러분 주변에 기댈 수 있는 멘토가 있으신가요? 한 분을 찾기 보다는 영역별 멘토는 어떠세요? 건강멘토,성과멘토, 동심멘토,감사멘토,예술멘토 등등. 여러분에게 등 대어 줄 사람을 찾아보세요.

덜 된 놈, 덜 떨어진 놈

덜 된 놈, 덜 떨어진 놈

잘 익은 놈은 태풍이 오면 먼저 떨어진다.

덜 되야 잘 매달려 있는다.
덜 되야 덜 떨어진다.

덜 떨어져야 덜 맞는다.
다 익어서 까부는 놈들은 먼저 제거당한다.

자신의 우직함을 믿고 꾸준히 바보처럼 매일매일 하는
덜 떨어진 사람들만이 세상을 바꾼다.

먼저 익었다고 좋아하지 마라.
먼저 먹힌다.

늦게 익었다고 실망하지 마라.
서서히 익는 게 맛이 깊다.

오늘도 덜 떨어진 사람처럼
나는 내 길을 걸어간다.
그런 사람들이 내 곁에 붙어서 함께 간다.
내 곁에서 덜 떨어진 사람들
내 곁에서 멀리 떨어진 사람들

난 덜 떨어진 사람들과
미래를 만든다.

꿈아재 꿀팁

아재개그시인 명언 : 야이 덜 떨어진 놈아! 엉, 고마워. 넌 빨리 떨어져 ^^

빠르고 느린 것에 대한 기준은 없습니다. 자기 속도로 꾸준히 가는 사람이 승자입니다. 여러분은 요즘 어떤 일에 덜 떨어진 사람처럼 꾸준히 하고 있나요?

실수, 유리수, 무리수

수의 범위
실수>무리수>유리수>정수>자연수

실수(實數)는 모든 수를 포용한다.
무리수도, 유리수도, 정수도, 자연수도
실수(失手)는 모든 것을 포용한다.
무리한 실수(失手)도, 유리한 실수(失手)도
정확한 실수(失手)도, 자연스런 실수(失手)도
실수(實數)가 다 포용한다.

그래서 실수(實數)를 가장 큰 수로 정한 것이다.

자연스런 실수(失手)를 하다 보면
정확한 일에도 실수(失手)가 생긴다.
하지만 유리한 일의 실수(失手)는 서서히 줄고
무리한 일의 실수(失手)도 더 이상 생기지 않아
마침내 프로페셔널한 사람이 되어 있을 것이다.

프로레셔널한 사람의 실수(失手)도 포용할 수 있다.
단, 내가 왜 실수(失手)했는지 알기만 하면 된다.

무리한 도전에 대한 나의 실수(失手)가
나를 유리하게
만들어준 가장 자연스런 한 수 였다.

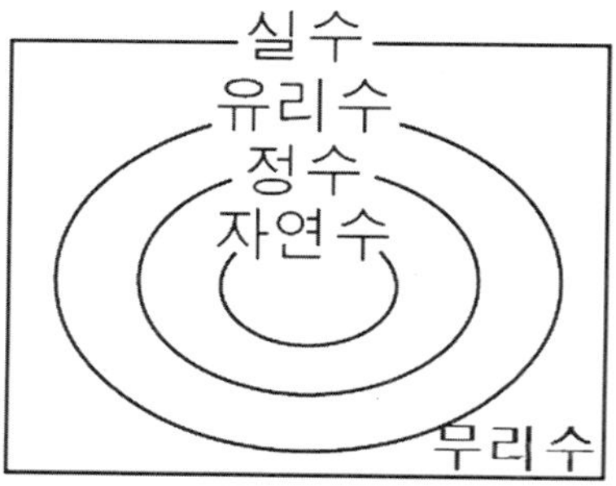

꿈아재 꿀팁

아재개그시인 명언 : 앗, 나의 실수. 너의 무리수보다 낫지.

실수 안 하는 사람은 없습니다. 남의 실수에 관대하고 나의 실수에 더 관대하고. 단, 왜 실수했는지 알고 똑같은 실수를 반복하지 않는게 중요하겠죠?

근력이 권력이다

돈이 권력인 시대
지식이 권력인 시대
이젠 근력이 권력인 시대

돈만 있으면 명예도 산다.
지식이 있으면 성공도 산다.
하지만 건강은 근력이 있어야 산다.
근력이 있어야 오래 살 수도 있다.
100세 시대
축복이 될 수도
재앙이 될 수도
근력이 권력인 시대가 왔다.
근력이 권력人 시대가 왔다.

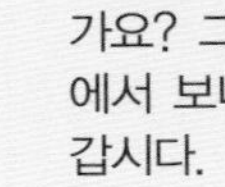

꿈아재 꿀팁

아재개그시인 명언 : 넌 권력자? 난 근력자. 이젠 내 시대야.

100세 시대. 여러분은 건강을 위해 어떤 준비를 하고 계신가요? 그 때까지 못 산다구요? 그렇게 생각하다가는 침대에서 보내는 시간이 많아질지도 모릅니다. 근력 만들러 나갑시다.

가지가지한다

하고 싶은 게 많아요.
한 가지, 두 가지 , 세 가지...
한 두 가지가 아니에요.
여러 가지
건강한 몸이라는 화분을 만들면
꽃처럼 여러 가지 꿈이 피어나요.

줄넘기강사
전문MC
작가
아재개그시인
사진작가
유투버

참, 여러 가지가지 하죠?
저의 건강한 꿈을 먹고
아이들은 자신의 꿈을 심어요.
가지가지 안 할 수가 없어요.

습관이라는 가지를 만들어야 꽃이 잘 필 수 있어요.

튼튼한 가지, 가지가지 만들어야 해요.

꿈아재 꿀팁

아재개그시인 명언 : 가지가지한다. 고마워 난 여러 가지가 지 한다.

한 가지에 하나의 꽃을 피우려면 여러 가지를 만들어야 합니다. 튼튼한 화분(몸)에 여러 가지가 생깁니다. 몸이라는 화분 만들러 나가실까요?

친구는 등대다

친구는
내게 갈 길을 알려주는 등대다.

내가 힘들고 지칠 때
기대어 쉴 수 있는 등대다.
그래서
기대어 쉴 수 있는 등 대어 준다.
기대어 쉴 수 있는 등 내어 준다.

친구야! 힘들 때 내게 말해.
나도 네게 등 대 줄게.

넌 나에게 기대, 난 너에게 등대.
난 너에게 기대, 넌 나에게 등대.
우린 서로서로 등대다.

친구는 등대다.

꿈아재 꿀팁

아재개그시인 명언 : 친구야! 넌 나에게 기대, 난 너에게 등대

나에게 등 대어 줄 친구 5명 이름 써보기

PART 04

제4편
날나리

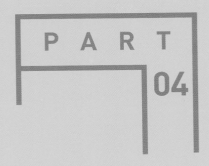

“

마흔 전에 책 잡지 못하면?
평생 책 읽지 않는다고
책잡히며 산다.

”

원고, 투고, 쓰리고, 출간

일단(1) 원고(One Go)부터 써라.
이단(2) 출판사에 투고(two Go)하라.
삼단(3) 계약되면 퇴고하라.
쓰리고(Three Go) 아프다.
내 글이 초라해 보인다.
그래도 내가 쓴 글이 최고다.
사단(4) 출간된다.

간단하쥬?

원고, 투고, 쓰리고

났다. 났어. 난리 났다. 오예!

꿈아재 꿀팁

아재개그시인명언 : 원고, 투고, 쓰리고, 출간 마무리!

자기가 출간 할 책제목과 chapter명을 써 보세요.

적자생존, 그러면 흑자경영

적자, 적자, 적자
기록하라, 기록하라, 기록하라.

적자, 적자, 적자!
꿈
적자, 적자, 적자!
목표
적자, 적자, 적자!
실천내용
적자, 적자, 적자!
좋은 문장

적자! 생존한다.
적은 자만이 살아남는다.

흑자, 흑자, 흑자
모든 것에 이익을 볼 것이다.

적자로 흑자 경영하기

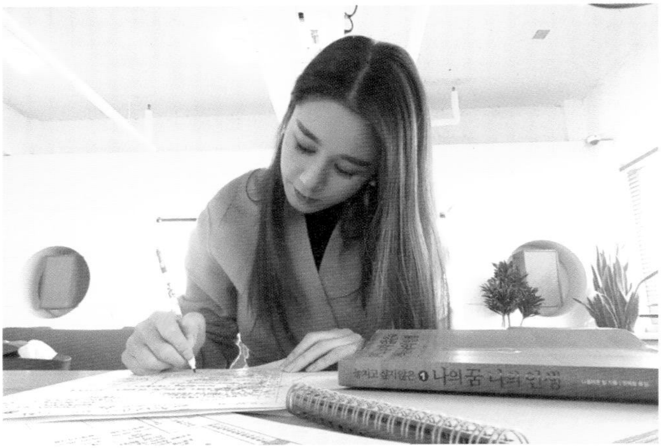

꿈아재 꿀팁

아재개그시인 명언 : 적자, 생존을 위해. 적어야 산다.

날아다니는 꿈, 돌아다니는 생각, 무궁무진한 아이디어. 적자! 기록하지 않으면 날아가 버립니다. 오늘 문득 떠오르는 아이디어가 있나요? 올해 가장 큰 목표가 뭔가요? 써 보세요.

걔 무시, 무시무시하게 성장

짜증나!
걔 말만 들으면
왜 내게 자꾸 그래?

걔가 네 인생에 큰 비중?
걔가 너보다 이뻐?
걔가 너보다 잘나가?

걔 무시해.
신경 쓴다면
걔한테 진거야.

아무렇지 않게
신경쓰지 않으면 , You win

자신있게 행동하면
어느 누구도 널 건드릴 수 없어.

개 무시해.

그럼, 넌 무시무시하게 성장해.

꿈아재 꿀팁

아재개그시인 명언 : 개? 무시해. 네 인생에 중요한 인물 아냐.

다른 사람의 말에 자주 우울해지나요? 잘 생각해 보세요. 본인에게 매우 중요한 사람인지, 나에게 그런 영향력이 있는 인물인지. 아니면 과감하게 패스.

danger는 위험

코와 입으로 전해지는
음식 고유의 향과 맛

양념과 소금은 최대한 적게

몸에 좋은 건 입에 쓴 법

단거(danger) 위험하다고 외국인도 알려 줌

몸이 좋아하는 것을 드세요.

입이 좋아하는 것에 현혹되지 마세요.

꿈아재 꿀팁

아재개그시인 명언 : danger? 위험하다고 하잖아. 단거는.

단맛이 나는 백미, 백설탕, 백밀가루. 중독되면 빠져 나올 수 없이 위험합니다. 명심하세요. 단거는 danger입니다.

좋은 멘트는 훌륭한 멘토

훌륭한 멘토가 되고 싶으신가요?
예쁜 말씨를 뿌리세요.
좋은 멘트를 하면
훌륭한 멘토가 됩니다.

하루라도 책을 읽지 않으면 입안에 가시가 돋아요.
가시같은 말씨로 다른 사람의 마음을 아프게 해요.

좋은 멘트
책 속의 좋은 구절
따라 써 보고
10번씩 크게 말해야
자기 언어가 되요.

좋은 멘트의 씨를 뿌리세요.
말이 씨가 되어
훌륭한 멘토가 되실 겁니다.

때론

훌륭한 멘트가 좋은 멘토

때론

좋은 멘토가 훌륭한 멘트

하늘에게 행복을 달라 했더니 감사를 배우라 했다

꿂아재 꿀팁

아재개그시인 명언 : 멘토를 멀리서 찾지 마세요. 좋은 멘트가 훌륭한 멘토입니다.

말에 향을 담으세요. 보석같은 칭찬과 사람을 향한 마음의 말들. 좋은 멘트를 하시면 훌륭한 멘토가 될 수 있습니다. 내가 가장 좋아하는 멘트는?

몸도 리모델, 그럼 니 모델?

모델처럼 살고 싶은가?
누구나 바라는 멋진 인생

배우처럼 보여지고 싶은가?
누구나 바라는 영화 속 주인공

보여지는 모습 뒤에
보여지지 않는 그들의 노력

화려한 모습 뒤에
초라하게 먹는 그들의 절제

모델처럼 보여지고 싶은가?

그럼 몸부터 리모델
그럼 니 모델

영화배우처럼

청바지에 흰 티셔츠가 어울리고 싶은가?

보여지지 않는 곳에서 땀 흘리세요.

패션의 완성은 몸

패. 완. 몸.

꿂아재 꿀팁

아재개그시인 명언 : 옷에 몸을 맞추자. 그럼 몸부터 리모델, 그럼 니 모델.

옷에 몸을 맞추시나요? 몸에 옷을 맞추시나요? 옷에 몸을 맞추셔야 합니다. 그래야 옷값도 줄이고 밥값도 줄이고. 남들과 다르게 살고 싶으시면 다르게 행동해야 합니다. 당신은 특별하니까.

목도리, 목에 대한 도리

사람의 도리(道理)
웃어른을 공경하고
작은 것에 감사하고
배움을 게을리하지 않으며
자기 보다 어려운 이웃을 도우며 살아가야 한다.

목에 대한 도리(道理)
필요없는 말을 삼가고
물을 자주 마시고
소금물로 아침저녁 가글하며
겨울철 감기예방, 목도리하며 살아가야 한다.

목도리(道理)
목에 대한 도리의 기본이다.

감기는 갑자기 추워진 틈을 타
목으로 숨어 들어 온다.

소중한 내 목
소중한 내 건강
목도리부터.

꿈아재 꿀팁

아재개그시인 명언 : 목도리로 목에 대한 도리를 다하세요. 그럼. 감기 안녕.

모든 게 습관입니다. 아침저녁 양치하고 소금물 가글 해 보세요. 겨울철 감기 안녕. 목도리로 목을 따뜻하게 해 보세요. 감기 안녕.

풀풀풀, 컬러풀, 뷰티풀, 원더풀

인간은 자연의 일부
빨주노초파남보
모든 식물은 자연의 선물

육식 위주의 식사로
우리의 몸에 질병의 선물

풀풀풀
음식향기 풀풀풀
풀풀풀
방귀향기 풀풀풀

풀풀풀
컬러풀
풀풀풀
뷰티풀
풀풀풀
원더풀

음식은 컬러풀
몸매는 뷰티풀
인생은 원더풀

꿂아재 꿀팁

아재개그시인 명언 : 오늘 아침 식사도풀풀풀, 컬러풀, 뷰티풀, 원더풀!

육식 위주의 식단으로 우리에게 자주 오는 질병들. 멋진 인생을 원하시나요? 오늘부터 식단을 컬러풀하게 Full세팅하세요.

하나님, 환한님, 화났님?

세상에 인간은 세 종류
날때부터 웃는인상 하나님
웃으려고 노력하는 상 환한님
웃으려고 하지않는 상 화났님

힘들 때 울면 3류
힘들 때 참으면 2류
힘들 때 웃으면 1류

남자들의 여자 선택 기준
20대 : 이쁘냐?
30대 : 이쁘냐?
40대 : 이쁘냐?
50대 : 이쁘냐?
60대 : 이쁘냐?
70대 : 이쁘냐?

남자들에게 웃는 여자는 다 이쁘게 보인다.

♬웃는 여자 다 이뻐♬

여러분은 얼마나 자주 웃으시나요?

웃음도 습관
같은 장소, 같은 시각, 미친 듯이 웃어보세요.
이성들이 줄줄 따라 다닙니다.
ㅋㅋㅋㅋㅋㅋㅋㅋㅋㅋㅋㅋㅋㅋㅋㅋㅋㅋㅋ

꿈아재 꿀팁

아재개그시인 명언 : 하나님, 저도 환한님 되게 해주세요.

하하하 하하하 하하하하하하하
히히히 히히히 히히히히히히히
헤헤헤 헤헤헤 헤헤헤헤헤헤헤
아이고 배야.

기대에 부응?, 기대에 부응!

믿어주세요.
그 사람을?
지난번에도 실망했다구요?

믿어주세요.
그 사람 말고
그 사람의 가능성을.

우린 가능성을 믿지
그 사람을 믿지 않습니다.
실망했다고 해도
그 사람이 밉지 않습니다.

그 사람 인생입니다.
그 실패가 제 인생에 큰 영향은 없습니다.

저는 믿기만 합니다.

그럼 언젠가 제 기대에 부응하고
그럼 언젠가 제 기분은 부웅하고

아재개그시인 명언 : 기대에 부응할까요? 기대를 크게 해 주면 기대에 내 기분도 부웅~~~

최고라고 생각하면 최고가 됩니다. 잘 할 거라 생각하면 잘합니다. 믿는만큼 그 사람의 성과는 부웅 성장합니다. 일단 믿고 기대해 봅시다.

superwoman보다 superhuman처럼

사랑스런 아내 역할
능력있는 동료 역할
부처같은 경영자 역할
친구같은 엄마 역할
여우같은 며느리 역할
상담사같은 친구 역할
간병인같은 딸 역할

역할
책임

우린 superwoman보다
실수해도 마음 따뜻한 superhuman을 원한다.

마음만 전해지고 사랑표현만 하면

덜이쁜 아내도 애인처럼 보이고
무뚝뚝한 동료도 비서처럼 보이고

버럭하는 경영자도 부처처럼 보이고
짜증만땅 엄마도 친구처럼 보이고
곰같은 며느리도 여우처럼 보이고
자기 말만 하는 친구도 상담사처럼 보이고
가끔 오는 딸이지만 간병인처럼 보인다.

너무 잘하려고 애쓰지 마라.
~처럼 하자.
처럼는 아내
처럼는 남편

superwoman보다
superhuman처럼

꿈아재 꿀팁

아재개그시인 명언 : 넌 근육빵빵 superwoman. 난 사랑빵빵 superhuman.

작은 일에 최선을 다하면 세상을 변하게 할 수 있다지요? 세상을 변화시키고 싶으시죠? 그럼, 나부터 사랑빵빵 표현빵빵한 향기나는 사람으로 변신 뽀로롱.

관계자외 출입금지

어떤 관계이신가요?
친구입니다.
입장

어떤 관계이신가요?
한달에 밥 몇 번 먹는 사이입니다.
입장

어떤 관계이신가요?
초면입니다.
입장난처

사회생활의 매듭은
관계에서 출발하면 절대 꼬이지 않아요.
명함 주고 받았으면 먼저 문자로 반갑움을 표시하고
신입사원 들어오면 격하게 환영해주고
부장님이 밥사주면 미친 듯이 환호하고
사장님이 아재개그해도 엄청 웃어드리고

가끔씩 사장실에 스스로 가서 차도 한잔 달라고 하고

관계자외 출입금지
관계자는 출입환영
관계형성 평소환영

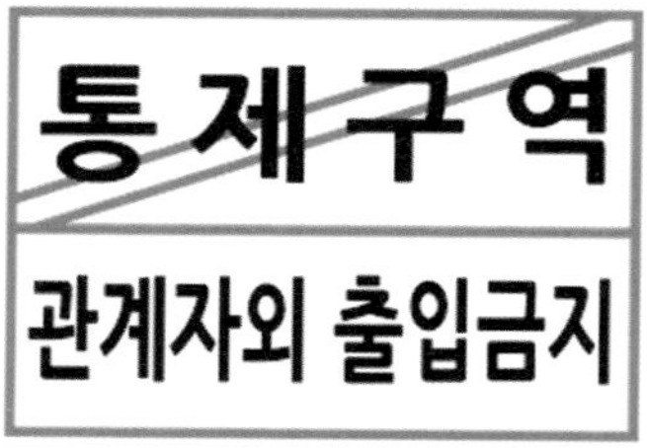

꿈아재 꿀팁

아재개그시인 명언 : 관계자? 왜? 출입금지라서. 난 관계자랑 친구관계.

사람 사이에 발생하는 모든 문제는 관계에서 비롯됩니다. 곪아서 곪아서 터지는 겁니다. 곪기 전에 평소 차도 마시면서 이야기로 풀면 안 풀릴 관계는 없지요.

철없다, 철없어

철없다. 철없어.
제철과일, 제철음식, 제철패션

철없다.
제철과일
사계절 모두 먹을 수 있다.

철없다.
제철음식
사계절 모두 먹을 수 있다.

철없다.
제철패션
패션피플은 철을 앞서 간다.

철없다.
나는
꼬맹이들과 매일 논다.

철들면 늙는다.

평생 철없이 살고 프다.

꿈아재 꿀팁

아재개그시인 명언 : 철없는 놈. 고마워 철들면 오래 못산데.

우리가 철 든다는 것은 세상의 이치를 조금씩 알면서 자신의 것을 더 챙기기 때문이죠. 때로는 아이들처럼 철없이 시간 보지 않고 놀고, 내일 걱정없이 놀아보세요.

choice, chance to change

인생에 화려한 변화를 원하는가?

현재 내 생활패턴을 버리고
전혀 다른 패턴을 선택(choice) 해야 한다.
현재 내가 만나는 사람들 말고
전혀 다른 사람을 선택(choice) 해야 한다.

이제 변화의 기회(choice)가 왔다.
하지만
선택하고 기회가 왔다고 해서 변화하지는 않는다.

c를 구부려서 g로 만드려면
많은 노력과 힘이 필요하다.

c부리기만 해서는 안된다.
g독하게 글로 기록해서 습관을 만들어야 한다.

기회가 와도 준비되지 않은 사람은 변화하지 못한다.

c부리지만 말고 g독하게 기록하라.
c부리지 말고 c뿌려라.
선택의 c, 기회의 c, 변화의 c

그래야 찬스두 체인지(chance to change)
화려한 인생이 기다릴 것이다.

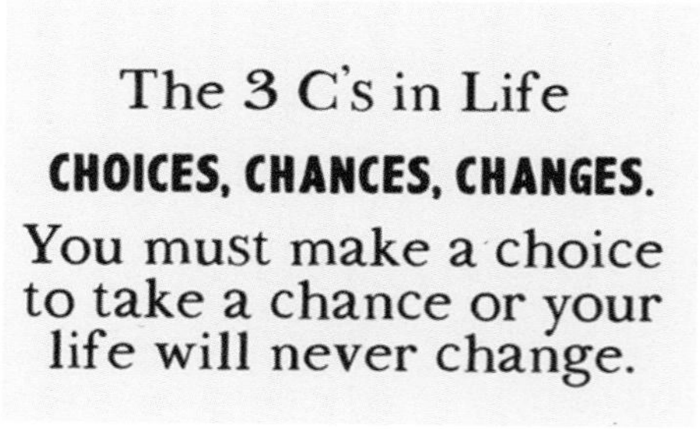
The 3 C's in Life
CHOICES, CHANCES, CHANGES.
You must make a choice
to take a chance or your
life will never change.

꿈아재 꿀팁

아재개그시인 명언 : c부리지 말고, c뿌려라. 그래야 chance to change.

인생은 곱셈이다. 아무리 기회(chance)가 와도 내가 zero이면 아무런 의미가 없지요. 기록의 c를 뿌리세요. 그 c가 g속적인 변화(change)를 줄 것입니다.

40전에 책 잡아라, 책잡히지 않으려면

성인독서량 세계 최하위

시간이 없다.
바쁘다.
읽어야 하는 건 안다.
읽어도 내 삶에 변화가 없다.

제대로 읽지 않은 사람들의 핑계일 뿐

늘 손에 책 잡고 다녀라.
손만 뻗으면 책을 잡을 수 있는 곳에 둬라.

가방 안에 눈 감고 손만 넣어도 책 잡히게 하라.

마흔 전에 책 잡지 못하면?
평생 책 읽지 않는다고 책잡히며 산다.

1년에 평균 5~6권 읽는다고 뻥치지 마라.

가방에 있는 책 1년째 같은 책이다.

이야기 5분 나눠보면
책 읽는 여자인지
드라마만 보는 여자인지 표 팍 난다.

무식하다고 책잡히기전에
얼른 책 잡아라.

꿈아재 꿀팁

아재개그시인 명언 : "아빠는 왜 책 안 읽어요?" 아들에게 책잡히기전에, 오늘부터 책 잡으세요.

친구 한 명 새로 사귄다고 내 인생 크게 달라지지 않습니다. 책 한권 읽는 것도 마찬가지. 많은 책친구 사귀어보세요. 혹시 아나요? 그 중 내 인생을 바꿔줄 책친구가 있을지.

확진자보다 무서운 확찐자

난리다 난리
6.25.동란 이후 최대의 위기

확진자 이동경로 문자
확진자 사망 뉴스
딩동딩동
별천지 분들의 급방문

아이들과
하루종일
삼시세끼

실내에서
하루종일

이러다
이러다
확진자 되기 전에 확찐자 됩니다.

인적드문 공원에서
바람도 쐬고 들과 산으로
등산도 가고

건강한 사람에게는
코로나오지 못합니다.

확진자는 금세 치료하지만
확찐자는 평생 치료 안됩니다.

얼른
운동화 신고 마스크 착용하고 바깥으로 나가세요.

*확찐자 이동경로

식탁→쇼파→냉장고→쇼파→식탁→침대→냉장고→침대

꿈아재 꿀팁

아재개그시인 명언 : 확진자보다 무서운 확찐자. 우짤겨?

어떤 일이든 평소 관리가 중요합니다. 오늘부터 면역력강화에 좋은 것들 많이 드시고, 반신욕으로 체온도 올리시고, 확찐자 되지 않기 위해 적게 드시고 많이 움직이세요.

깨물음, 깨달음

나를 왜 15년간 가뒀냐?
질문이 틀렸어.
왜 15년만에 풀어줬냐?라고 물어야지.

고수는 질문부터 다르다.

What , 이 일을 하기 위해 무엇을 해야 하지? 하수(下手)
How, 이 일을 어떻게 해야 하지? 중수(中手)
Why, 왜 이 일을 해야 하지? 고수(高手)

세 명의 석공이 있다.
먹고 살기 위해서 돌만 깎는 석공. 하수(下手)
자신의 미래를 위해 최고의 조각을 만드는 석공. 중수(中手)
사람들에게 믿음을 전하는 성전을 짓는 석공. 고수(高手)

깨물어라, 하루에도 수십번.
나는 왜 이 일을 하고 있는가?
깨달음은 깨물음 속에 나온다.

나는 왜 이 일을 하고 있는가?
깨달음을 찾으면 저에게 연락주세요.

당신에게 사명(Mission)을 드리겠습니다.

꿈아재 꿀팁

아재개그시인 명언 : 깨물으면 깨달음. 깨물어 드릴까?

어떤 일이든 왜? 라는 질문은 매우 중요합니다. 대학을 왜 가려고 하는가? 국어공부를 왜 하는가? 영어를 왜 하는가? 이유를 알면 지속적인 힘이 생깁니다. 당신은 지금 이 직업을 왜 하고 있나요?

히말라야

해마다 정상을 찍습니다.
올해도 최고라고 합니다.

한번 올라가면 내려오기 쉽지 않습니다.

편해서 눕고만 싶습니다.

발아래도 잘 보이지 않습니다.

뭐든 중독되면 끊기 어렵습니다.

이러다 큰일납니다.

병원에서 의사들이 경고합니다.

살 빼세요. 아니면 오래 못 삽니다.

He 말라야 합니다.

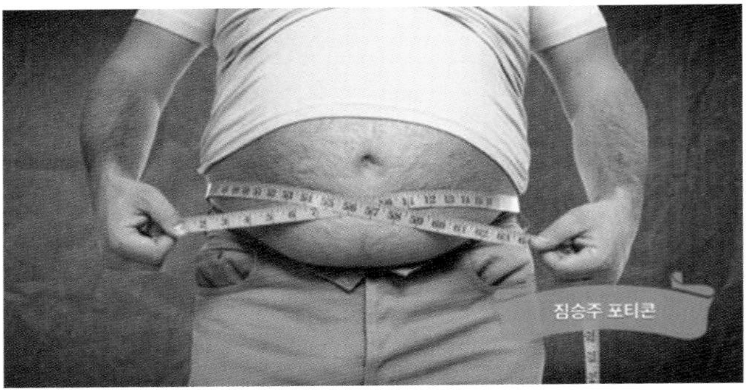

꿈아재 꿀팁

아재개그시인 명언 : He말라야 옷도 입고 다시 멋있어 집니다.

넘쳐나는 먹거리, 눈과 입을 유혹하는 음식들. 먹는데 돈 쓰고 살빼는데 돈 쓰고. '절제' 그래서 요즘 강조되는 최고의 덕목입니다. 저녁 7시 이후 금식, 약속?

Give(기부) me

형편이 좋아지면 기부하겠습니다.
제가 누굴 도울 형편이 되나요?
아이고, 그런 건 훌륭한 분들이나 하는 거 아닌가요?

주변에 기부하는 분들은
재벌 2세도 아니고
기업 총수도 아니고
마음이 따뜻한 분이면 됩니다.

기부의 최고수혜자는 누구일까요?

기부하면 기분이 좋으니 자기자신이지요!
그래서 Give(기부) me 라고 하지요.

기부는 나에게 하는 겁니다.

사회가 있기에, 국가가 있기에
그 공로를 사회에 함께 나누는 마음입니다.

사회가 나에게 무엇을 해주기를 바라지 말고
내가 사회에 무엇을 해 줄수 있는지 먼저 고민하면

모든 행복이 나에게로
Give me
기분이, 행복이 돌아옵니다.
행복Give me
사랑Give me

꿈아재 꿀팁

아재개그시인 명언 : 기부의 최고수혜자는 누구? 기부(Give) me . 나입니다.

사회가 있고 국가가 있기에 개인은 존재합니다. 그 고마움을 기부문화로 정착해야 합니다. 기부해야 기부니 좋아지는 걸 어떡합니까?

상관(相關)없냐? 난 상관(上官)있다

외롭고 어려운 최고경영자
최고의 자리는 언제나 고독한 자리

내 위에 상관(上官)이 없다는 건?
최종결정을 해야 한다는 것

그 외로움은 결정에 책임을 져야 하는 무게감.

넌 늘 내게
"상관(相關)없다." "신경쓰지 마라." 말하지.

좋겠다.
스스로 결정하려는 너의 의지

넌 외롭겠다.
상관(上官) 없어서.

난 상관(上官) 있어.

늘 나에게 조언을 해주시는 멋진 상관(上官).

조언은 관심의 표현.
넌 상관(相關)없지만
난 상관(相關)있어.
난 너에게 관심이 많거든.

꿈아재 꿀팁

아재개그시인 명언 : 상관없냐? 난 상관있는데. 과장님, 부장님, 사장님. 상관들이 밥값도 계산해줘.

상관(上官)도 필요합니다. 서로의 상관(相關)도 필요합니다. 우린 상관없이 살아가기 힘든 사회적 동물이니깐요.

PART 05

제5편
감 동글

“

더럽지만 사랑해야한다.

the love지만 사랑한다.

the love 다 사랑한다.

”

형광팬

1. 열심히 한다고 잘 될까?
잘 해야 잘 된다.
중요하다. 밑줄 쫙.

2. 남들과 똑같이 하면 잘 될까?
남들과 다르게 해야 잘 된다.
중요하다. 밑줄 쫙.

3. 혼자 한다고 잘 될까?
커뮤니티(community) 만들어 같이 해야 더 잘 된다.
중요하다. 밑줄 쫙.

4. 잘한다고 자랑할 때 잘 될까?
자신을 낮출수록 더 잘 된다.
더 중요하다. 두 줄 쫙쫙

5. 정성만으로 잘 될까?
사랑까지 더 해야 잘 된다.

더 중요하다. 세 줄 쫙 쫙 쫙.

내가 형을 미치게 좋아하는 이유 Top 5가지

난 이미 형 광팬

꿂아재 꿀팁

아재개그시인 명언 : 자, 형광펜. 난 형 광팬이야. 늘 응원해.

형. 언제 들어도 든든한 말입니다. 당신은 누구에게 그런 든든한 사람입니까? 형에게 오늘 형광펜을 선물하세요. 형도, 형 광팬을 사랑해 줄 것입니다.

답,답한 사람

나는 누구인가?
질문하고
대한민국 최초 아재개그시인
답하고

나의 강점은 무엇인가?
질문하고
말장난, 책임감, 독창성, 성실성
답하고

나는 강점전략은 무엇인가?
질문하고
아재개그시, 매일 감사일지, 독서50권, 1독 1실천
답하고

나는 왜 이 일을 하는가?
질문하고
부정적인 말을 긍정적으로 말로 바꿔쓰는 대한민국 만

듣기

답하고

답답하냐?

자기 질문 답, 답하라.

세상이 즐거워 질 것이다.

누구냐, 넌?

꿂아재 꿀팁

아재개그시인 명언 : 답답하냐? 답해라. 질문에 답, 답해라.

상대방에게 묻고 있을 때 이미 내 안에 답을 정해 놓지는 않았나요? 자기 인생의 답은 자기가 찾아야 합니다. 답답하거나 답, 답하거나.

자만이 승리한다. 웃는자만이

송아지
송아지
얼룩 송아지
엄마소도 얼룩소 엄마 닮았네.

강하지 하
강하지 하
나는 강하지 하하하
울엄마도 강하지 엄마 닮았네. 하하하.

망하지 하
망하지 하
나는 안 망하지 하하하
울엄마도 안망하지 엄마 닮았네. 하하하.

지새끼 하
지새끼 하
나는 지새끼 하하하
울엄마의 지새끼 엄마 닮았네. 하하하.

반하나 하

반하나 하
나한테 반하나 하하하
울엄마도 반한다 엄마 닮았네. 하하하.

때론
어설픈 겸손보다
유쾌한 자만(自慢)이 낫다.

유쾌한 자만(自慢)보다
매일 웃는자만이 훨씬 낫다.

웃는자만이 세상을
다 가진다.

꿈아재 꿀팁

아재개그시인 명언 : 웃는자만이 건강해진다. 웃는자만이 승리한다.

잊지마세요. 여러분이 태어났을 때 부모님은 세상을 다 가진 듯 기뻤을 겁니다. 여러분도 세상을 다 가진 듯 매일 매일 호탕하게 웃으세요. ㅋㅋ

I' m so sorry, 벗, I love you.

친구끼리 지내다 보면
큰 소리(sorry)로 화 낼 때도 있고

친구끼리 지내다 보면
큰 sorry(쏘리)로 미안해질 때도 있고

살다보면 그럴수 있다아이가

But(벗), 그러나 친구아이가

벗(But), 친구 맞네.

화내고, 소리 치고

I' m so sorry 사과하고
벗(But)이니까
l love you 받아주고

I' m so sorry, 벗, I love you.

고마해라. 친구야.

쏘리 마이무따 아이가.

꿈아재 꿀팁

아재개그시인 명언 : 우린 친구잖아.
I' m so sorry, 벗, I love you.

가족, 친구, 연인, 사랑하는 사람들과 행복한 모습을 그려보세요. 서운한 것 모두 용서할 수 있을 겁니다. 가족, 친구, 연인, 사랑하는?사람이 한 실수는 모두 벗(But)어 던져요.

더럽 다

못 볼 것 까지 다 본다.
더럽다.

화장실 사용하고
코 풀고

더럽다

가족이라 이해할 수 있다.
좋은 것만 보면 누구나 사랑할 수 있다.
더러운 것까지 사랑해야 가족이다.

더럽지만 사랑해야 한다.
the love지만 사랑한다.

the love 다 사랑한다.

꿈아재 꿀팁

아재개그시인 명언 : 미안하다 사랑한다. 더럽(The love) 다 사랑한다.

기승전 사랑입니다. 직장동료도 학교아이들도 사랑하면 가족입니다. 가족같은 마음으로 내 지인들을 맞이해주세요. 더럽(the love)지만 참고, 더럽(the love)지만 함께 할 수 있어요.

우짜지? 웃자지금

우짜지?
우째?
어떻게 저런 말을 나한테 하지?
저런 인간도 있네.

지나간 일에
오늘의 내 아까운 눈물을 흘리지 마라.
웃자.
웃자지금같은 내 시간

우짜지?
우째?
저렇게 말하면 자기는 기분 좋나?
이런 인간도 있네.

스쳐 지나가는 인연에
나의 에너지를 낭비하지 마라.
웃자.
웃자지금같은 내 시간

꿈아재 꿀팁

아재개그시인 명언 : 우짜지? 우짜긴. 우째. 그냥 웃는거지. 웃자지금.

좋은 것만 이야기해도 아까운 시간입니다. 좋은 사람들과 함께 해서 즐거운 이유는 많이 웃기 때문입니다. 함께 있으면 가장 많이 웃는 사람들은 누구인가요? 우짜지요? 그 사람들이 또 생각나서. 웃자웃자웃자!

The end of The story

권말 이야기

쉬쉬하지 않은 제자들의 시

우리들의 행복한 시

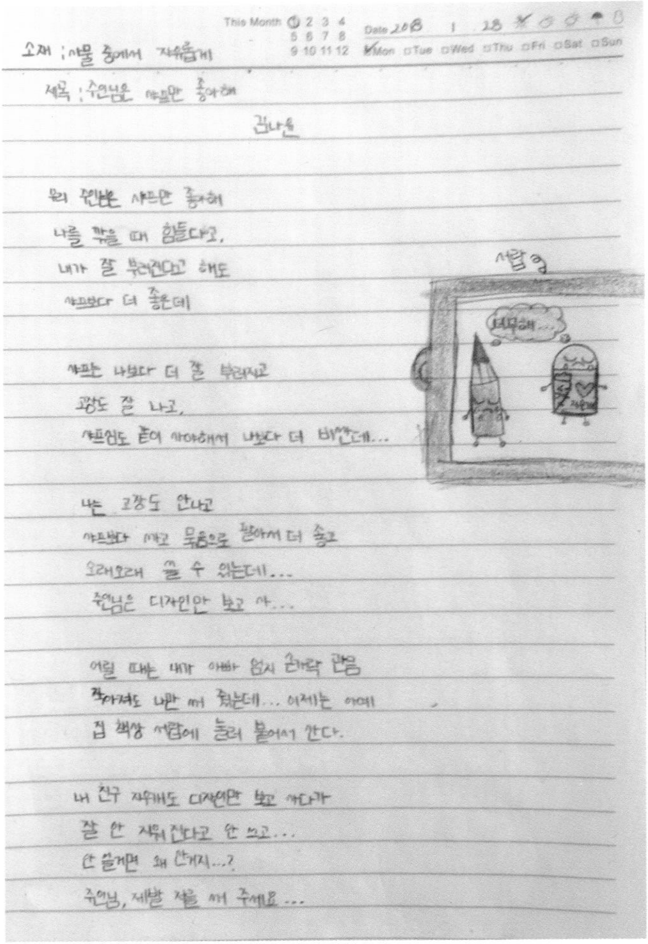

This Month 1 2 3 4 5 6 7 8 9 10 11 12 Date 2018 1 28 Mon Tue Wed Thu Fri Sat Sun

소재 : 사물 중에서 자유롭게

제목 : 주인님은 샤프만 좋아해

김나윤

우리 주인님은 샤프만 좋아해
나를 깎을 때 힘들다고,
내가 잘 부러진다고 해도
샤프보다 더 좋은데

샤프는 나보다 더 잘 부러지고
고장도 잘 나고,
샤프심도 같이 사야해서 나보다 더 비싼데...

나는 고장도 안나고
샤프보다 싸고 묶음으로 팔아서 더 좋고
오래오래 쓸 수 있는데...
주인님은 디자인만 보고 사...

어릴 때는 내가 아빠 엄지 손가락 만큼
작아져도 나만 써 줬는데... 이제는 아예
집 책상 서랍에 눌러 붙어서 간다.

내 친구 지우개도 디자인만 보고 샀다가
잘 안 지워진다고 안 쓰고...
안 쓸거면 왜 산거지...?
주인님, 제발 저를 써 주세요...

이화초 5학년 4반 **김나윤**(2018년)

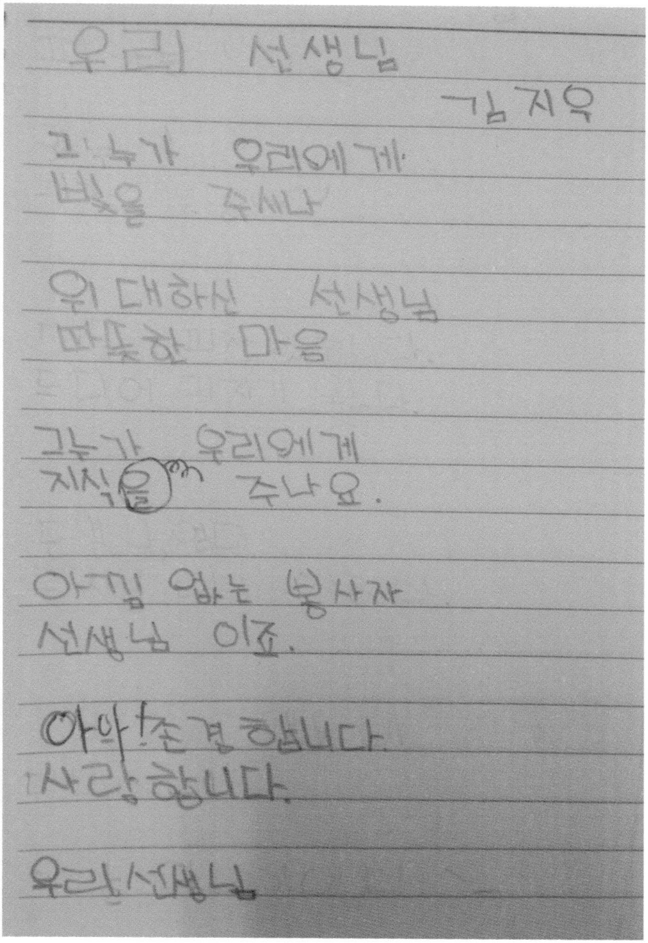
우리 선생님
김지우

그 누가 우리에게
빛을 주시나

위대하신 선생님
따뜻한 마음

그 누가 우리에게
지식을 주나요.

아낌 없는 봉사자
선생님 이죠.

아악! 존경합니다.
사랑합니다.

우리 선생님

이화초 5학년 4반 **김지우**(2018년)

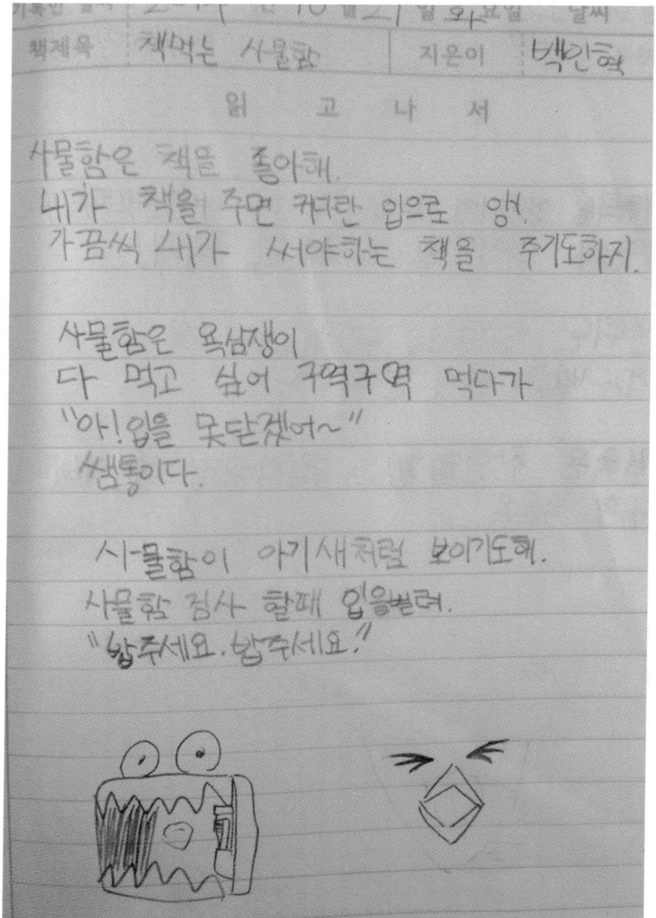

책제목 책먹는 사물함 지은이 백인혁

읽고나서

사물함은 책을 좋아해.
내가 책을 주면 커다란 입으로 앙.
가끔씩 내가 써야하는 책을 주기도하지.

사물함은 욕심쟁이
다 먹고 싶어 구역구역 먹다가
"아! 입을 못닫겠어~"
쌤통이다.

사물함이 아기새처럼 보이기도해.
사물함 검사 할때 입을벌려.
"밥주세요. 밥주세요!"

이화초 5학년 4반 **백인혁**(2018년)

매곡초 4학년 1반 **금민준**(2014년)

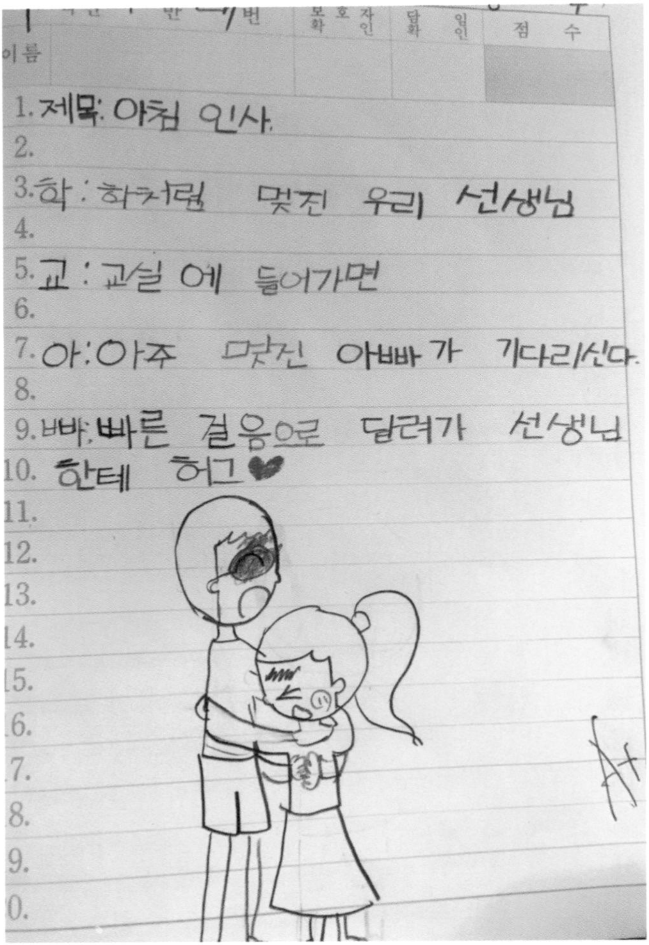
1. 제목: 아침 인사.
2.
3. 학 : 학처럼 멋진 우리 선생님
4.
5. 교 : 교실 에 들어가면
6.
7. 아 : 아주 멋진 아빠가 기다리신다.
8.
9. 빠 : 빠른 걸음으로 달려가 선생님
10. 한테 허그♥

매곡초 1학년 1반 OOO(2015년)

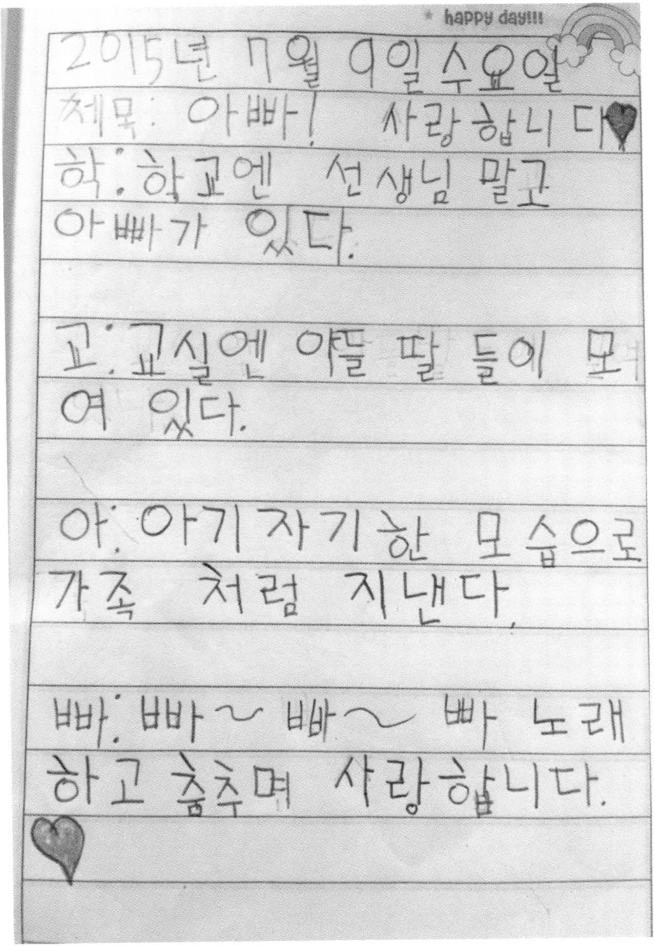
* happy day!!!

2015년 7월 9일 수요일
체목: 아빠! 사랑합니다
학: 학교엔 선생님 말고
아빠가 있다.

고: 교실엔 아들 딸 들이 모여 있다.

아: 아기자기한 모습으로
가족 처럼 지낸다.

빠: 빠~ 빠~ 빠 노래
하고 춤추며 사랑합니다.

매곡초 1학년 1반 OOO(2015년)

장애이해 동시쓰기
1 학년 1 반 이름: 최소현
개성이 뚜렷한 친구와 사이좋게 지낼 수 있도록 멋진 동시를 써주세요.
제목: 장애인의 사랑
장: 장미보다도 예쁘고 사랑스러운 장애인 친구들
애: 애인으로 비교할수 없이 장애인 친구들은 소중합
인: 인간보다 세상에서 가장소중한 장애인 친구들
친: 친구에 친구보다 더 소중한 장애인친구
구: 구할수 있을듯말듯 구할것입니다
행: 행복한 친구들이 될수있도록 응원합니다
복: 복을항상 복을 받아쓰면 좋겠다

매곡초 1학년 1반 **최소현**(2015년)

우리들의 행복한 시 ⑧

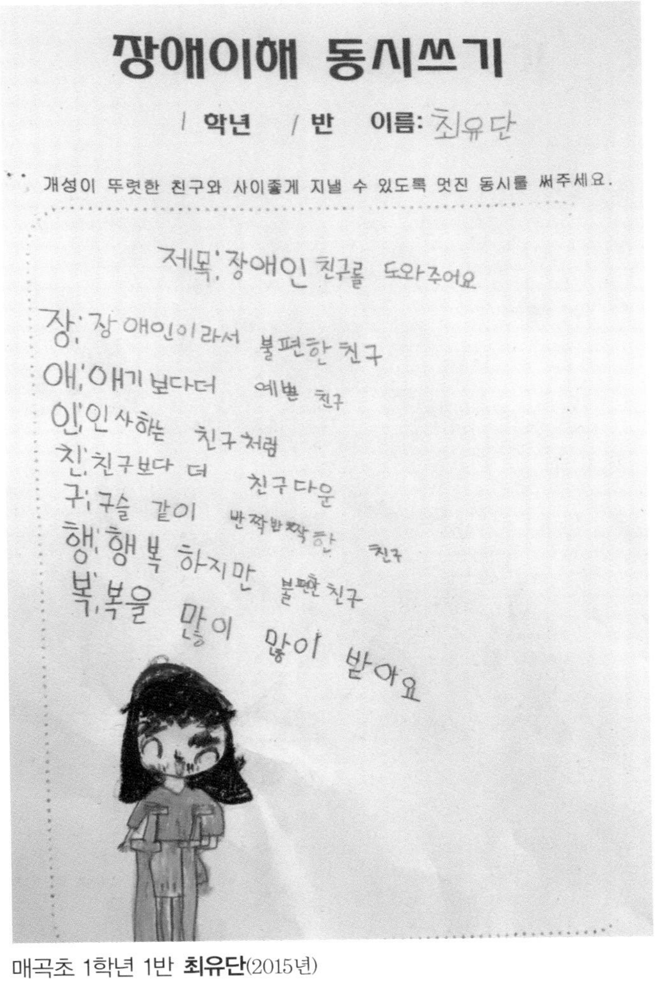
장애이해 동시쓰기

1 학년 1 반 이름: 최유단

개성이 뚜렷한 친구와 사이좋게 지낼 수 있도록 멋진 동시를 써주세요.

제목: 장애인 친구를 도와주어요

장: 장애인이라서 불편한 친구
애: 애기 보다 더 예쁜 친구
인: 인사하는 친구처럼
친: 친구보다 더 친구다운
구: 구슬 같이 반짝반짝한 친구
행: 행복 하지만 불편한 친구
복: 복을 많이 많이 받아요

매곡초 1학년 1반 **최유단**(2015년)

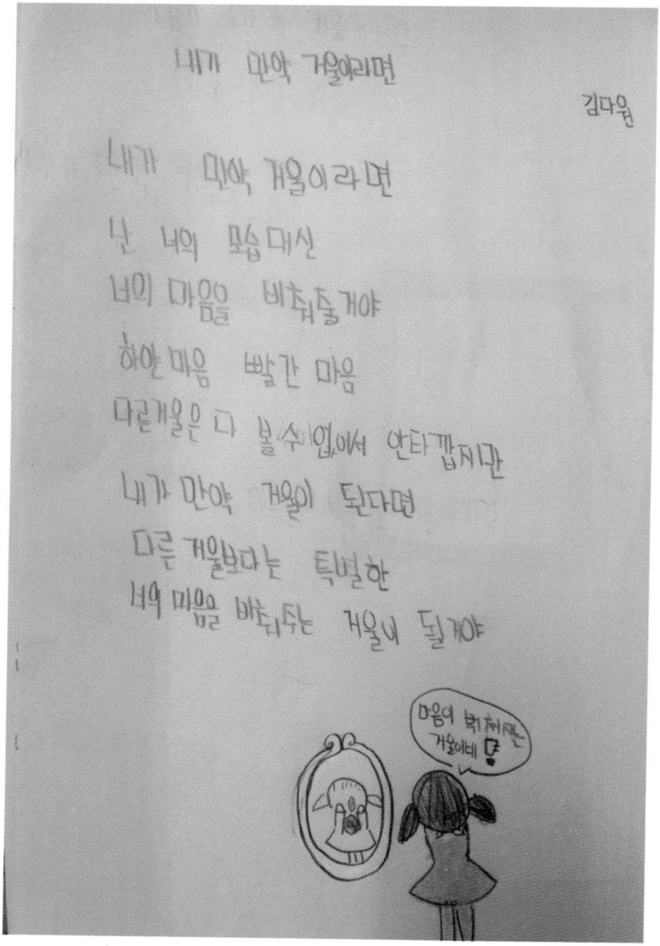

내가 만약 거울이라면

김다원

내가 만약 거울이라면
난 너의 모습 대신
너의 마음을 비춰줄거야
하얀 마음 빨간 마음
다른거울은 다 볼수가 없어서 안타깝지만
내가 만약 거울이 된다면
다른 거울보다는 특별한
너의 마음을 비춰주는 거울이 될거야

매곡초 4학년 1반 **김다원**(2014년)

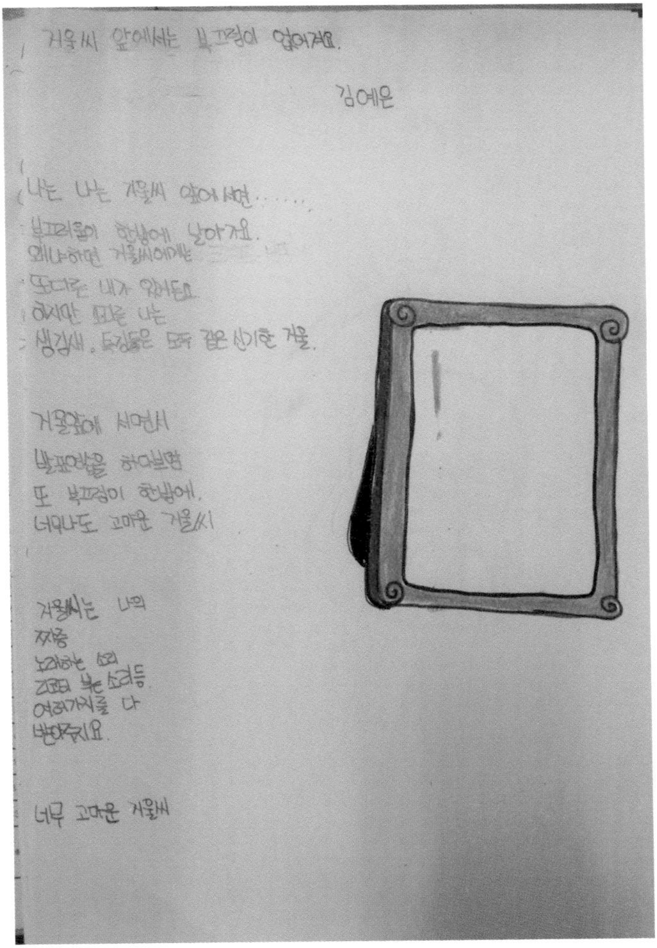
거울씨 앞에서는 부끄럼이 없어져요.

김예은

나는 나는 거울씨 앞에 서면……
부끄러움이 한방에 날아가요.
왜냐하면 거울씨에게는
또다른 내가 있어서요.
하지만 또같은 나는
생김새, 특징들은 모두 같은 신기한 거울.

거울앞에 서면서
발표연습을 하다보면
또 부끄럼이 한방에.
너무나도 고마운 거울씨

거울씨는 나의
짜증
노래하는 소리
리코더 부는 소리등
여러가지를 다
받아주지요.

너무 고마운 거울씨

매곡초 4학년 1반 **김예은**(2014년)

매곡초 4학년 1반 **김지훈**(2014년)

우리들의 행복한 시 ⑫

매곡초 4학년 1반 **백인혁**(2014년)

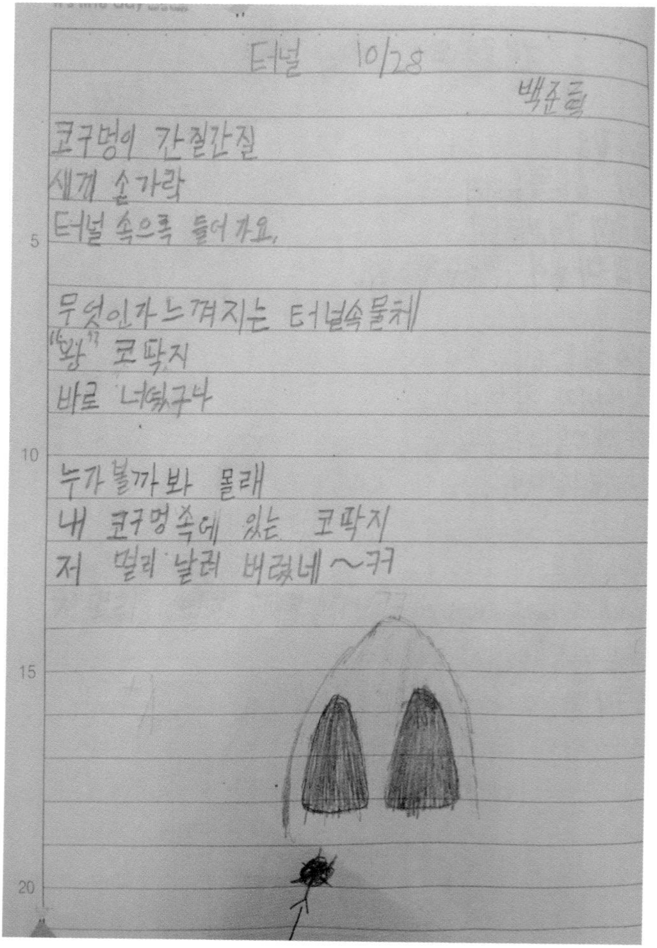

터널 10/28

백준혁

코구멍이 간질간질
새끼 손가락
터널 속으로 들어가요.

무엇인가 느껴지는 터널속물체
"왕" 코딱지
바로 너였구나

누가 볼까봐 몰래
내 코구멍속에 있는 코딱지
저 멀리 날려 버렸네~ㅋㅋ

매곡초 4학년 1반 **백준혁**(2014년)

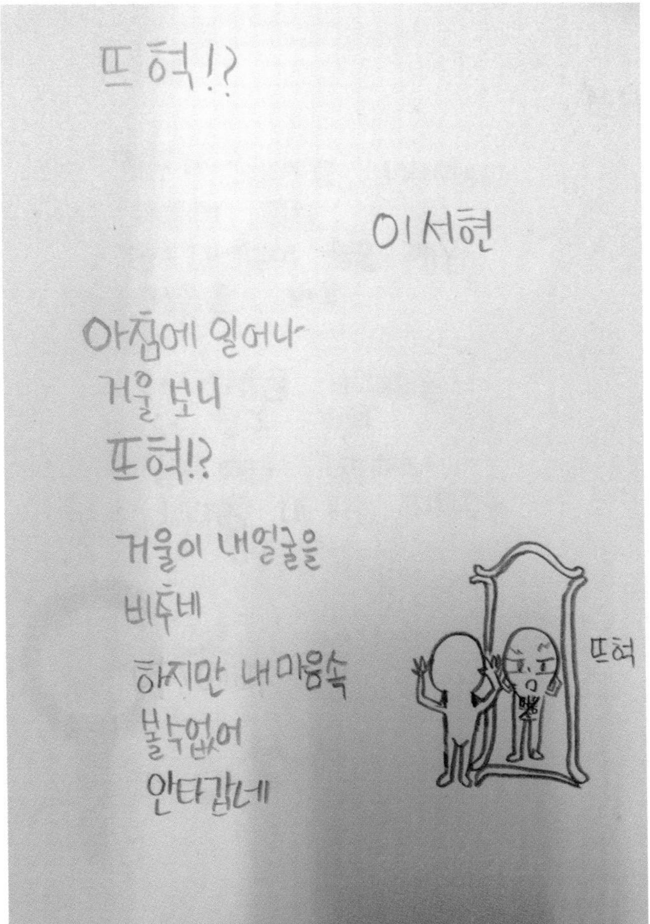
뜨헉!?

이서현

아침에 일어나
거울 보니
뜨헉!?

거울이 내얼굴을
비추네

하지만 내마음속
볼수없어
안타깝네

매곡초 4학년 1반 **이서현**(2014년)

No.
Date
11/28 주제: 코딱지

콧구멍 동굴속 종유석
이채형

얼굴 섬 가운데
동굴 2개가 있네.

동굴안 에 무엇이 있을까
궁금해,
손가락이 동굴 탐험에
나서네.

설렘 반, 두려움 반.
두근 두근
무엇이 있을까?

앗,
동굴속 코딱지 종유석 발견!
끈적하게 흐르는
동굴속 생물의 정체는
바로 콧물이였네.

신기한 얼굴섬의 동굴속 탐험 끝.

A+

매곡초 4학년 1반 **이채형**(2014년)

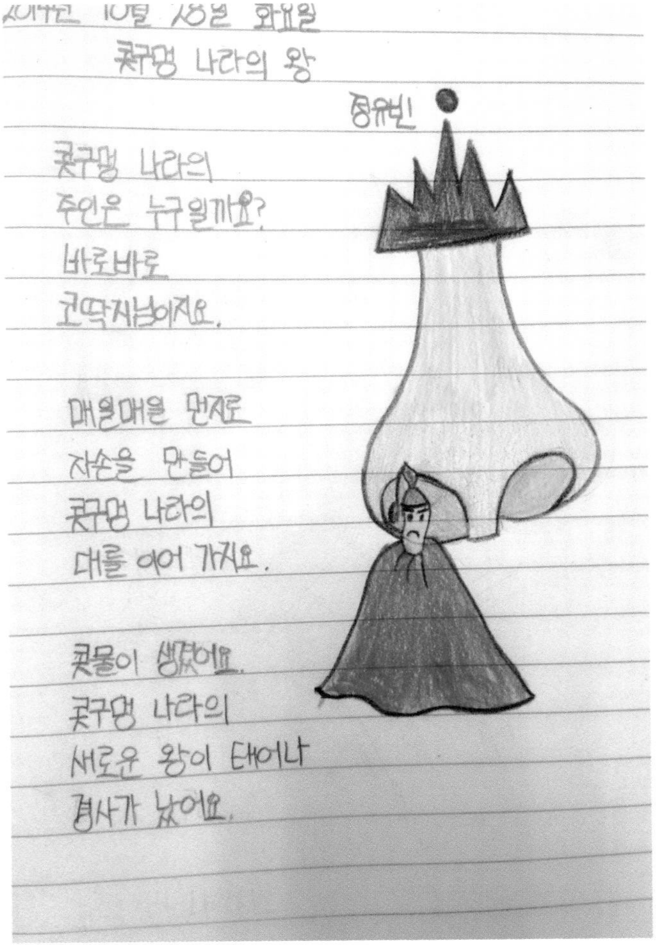

2014년 10월 28일 화요일

콧구멍 나라의 왕

정유빈

콧구멍 나라의
주인은 누구일까요?
바로바로
코딱지님이지요.

매일매일 먼지로
자손을 만들어
콧구멍 나라의
대를 이어 가지요.

콧물이 생겼어요.
콧구멍 나라의
새로운 왕이 태어나
경사가 났어요.

매곡초 4학년 1반 **정유빈**(2014년)

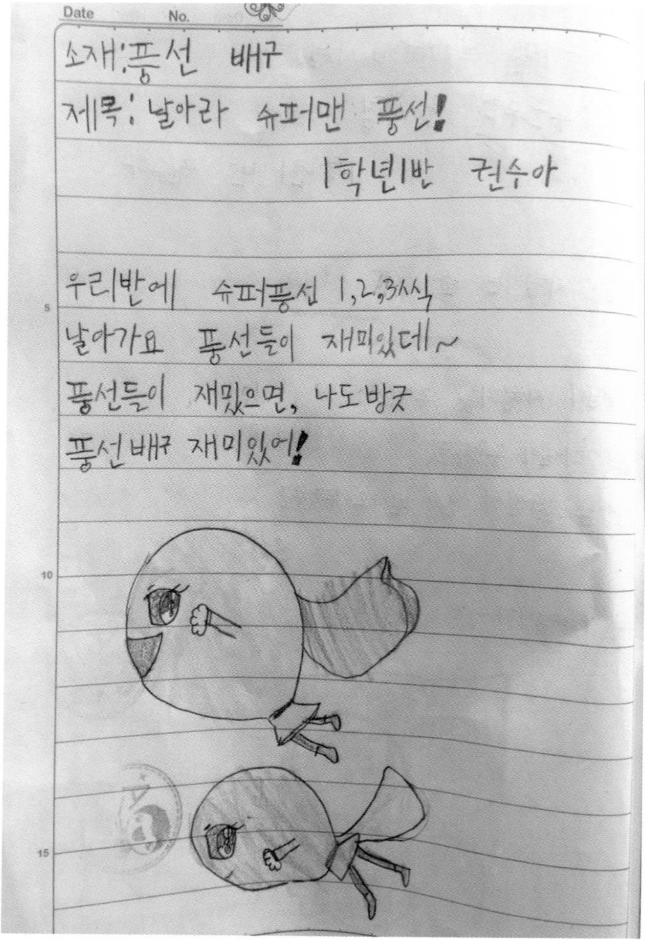
Date No.
소재: 풍선 배구
제목: 날아라 슈퍼맨 풍선!
1학년1반 권수아
우리반에 슈퍼풍선 1,2,3씩
날아가요 풍선들이 재미있데~
풍선들이 재밌으면, 나도방긋
풍선배구 재미있어!

이화초 1학년 1반 **권수아**(2017년)

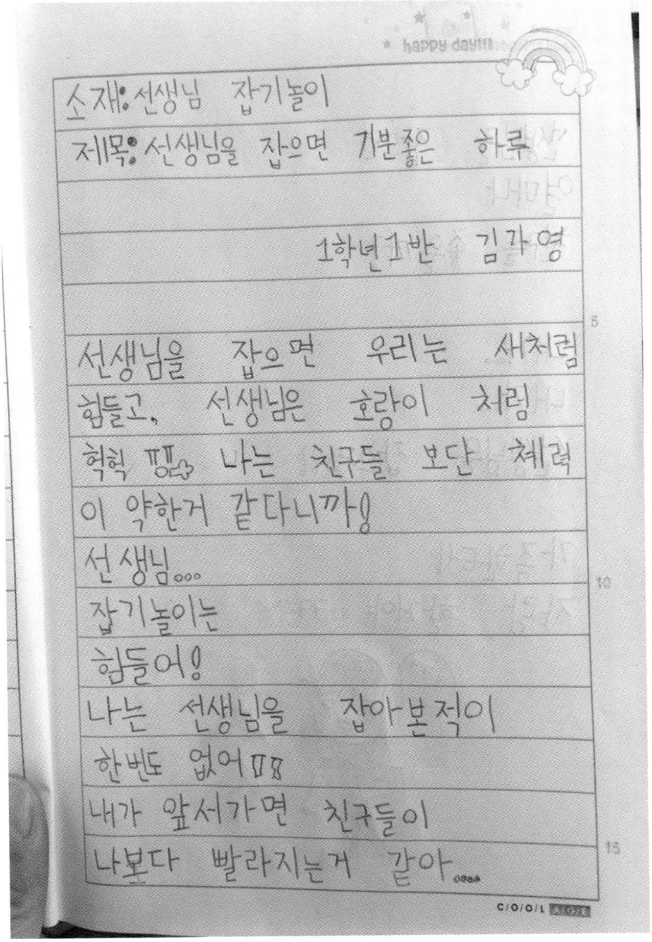
소재: 선생님 잡기놀이
제목: 선생님을 잡으면 기분좋은 하루

1학년1반 김가영

선생님을 잡으면 우리는 새처럼
힘들고, 선생님은 호랑이 처럼
헉헉 ㅠㅠ 나는 친구들 보단 체력
이 약한거 같다니까!
선생님...
잡기놀이는
힘들어!
나는 선생님을 잡아본적이
한번도 없어ㅠㅠ
내가 앞서가면 친구들이
나보다 빨라지는거 같아....

이화초 1학년 1반 **김가영**(2017년)

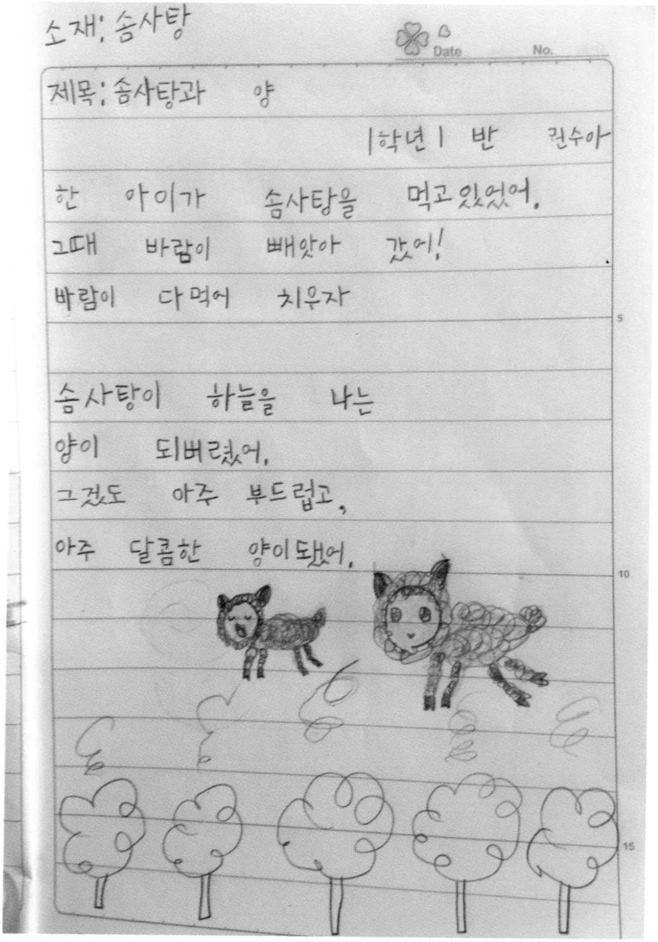
소재: 솜사탕

제목: 솜사탕과 양

1학년 1반 권수아

한 아이가 솜사탕을 먹고 있었어.
그때 바람이 빼앗아 갔어!
바람이 다 먹어 치우자

솜사탕이 하늘을 나는
양이 되버렸어.
그것도 아주 부드럽고,
아주 달콤한 양이됐어.

이화초 1학년 1반 **권수아**(2017년)

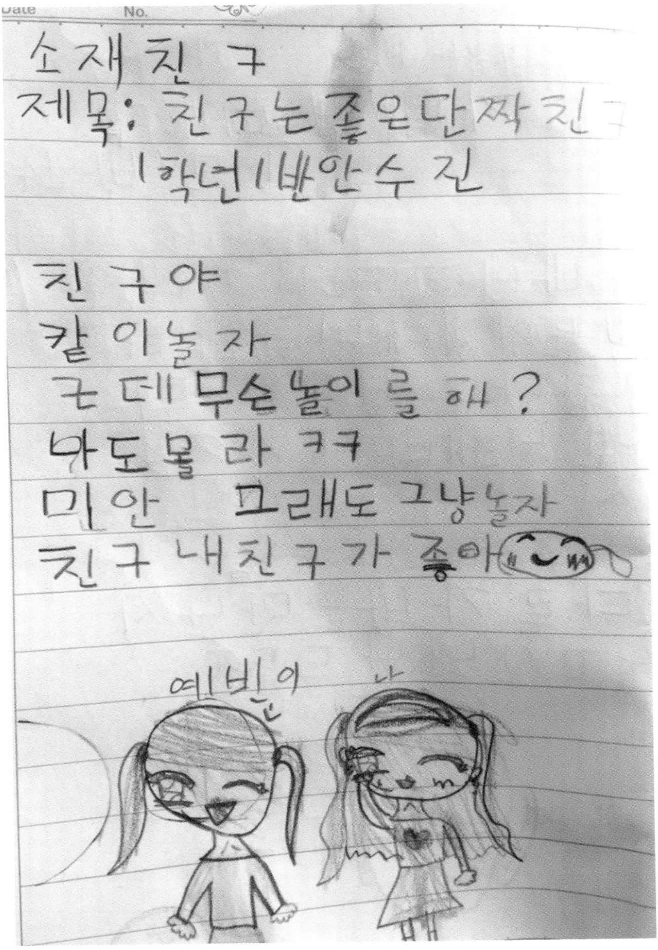
소재 친구
제목: 친구는 좋은 단짝 친구
1학년 1반 안수진

친구야
같이 놀자
근데 무슨 놀이를 해?
나도 몰라 ㅋㅋ
미안 그래도 그냥 놀자
친구 내 친구가 좋아

이화초 1학년 1반 **안수진**(2017년)

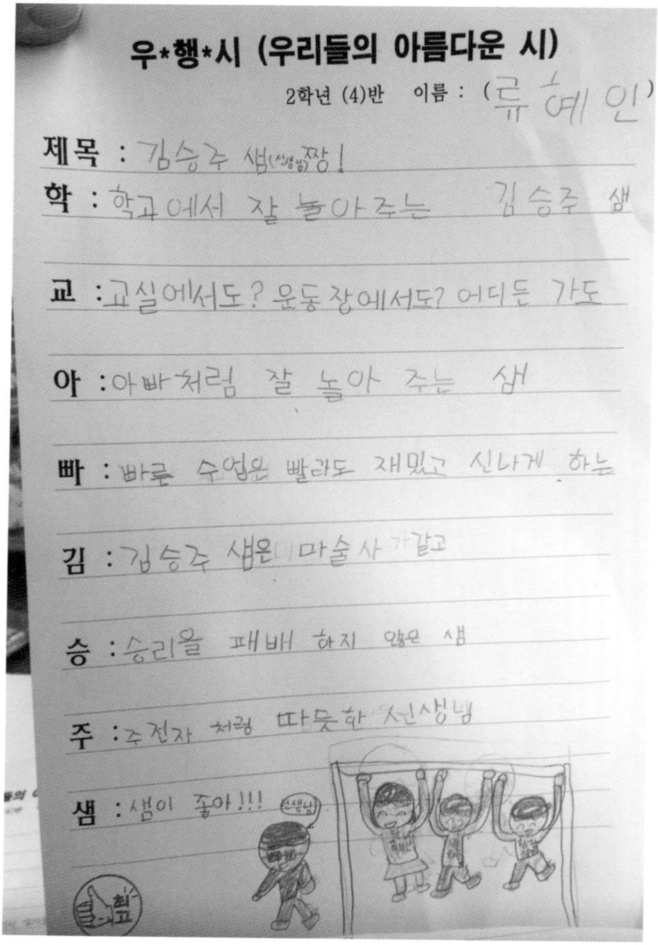

우*행*시 (우리들의 아름다운 시)

2학년 (4)반 이름 : (류혜인)

제목 : 김승주 샘(선생님)짱!

학 : 학교에서 잘 놀아주는 김승주 샘

교 : 교실에서도? 운동장에서도? 어디든 가도

아 : 아빠처럼 잘 놀아 주는 샘

빠 : 빠른 수업은 빨라도 재밌고 신나게 하는

김 : 김승주 샘은 마술사 같고

승 : 승리를 패배 하지 않은 샘

주 : 주전자 처럼 따뜻한 선생님

샘 : 샘이 좋아!!!

이화초 2학년 4반 **류혜인**(2019년)

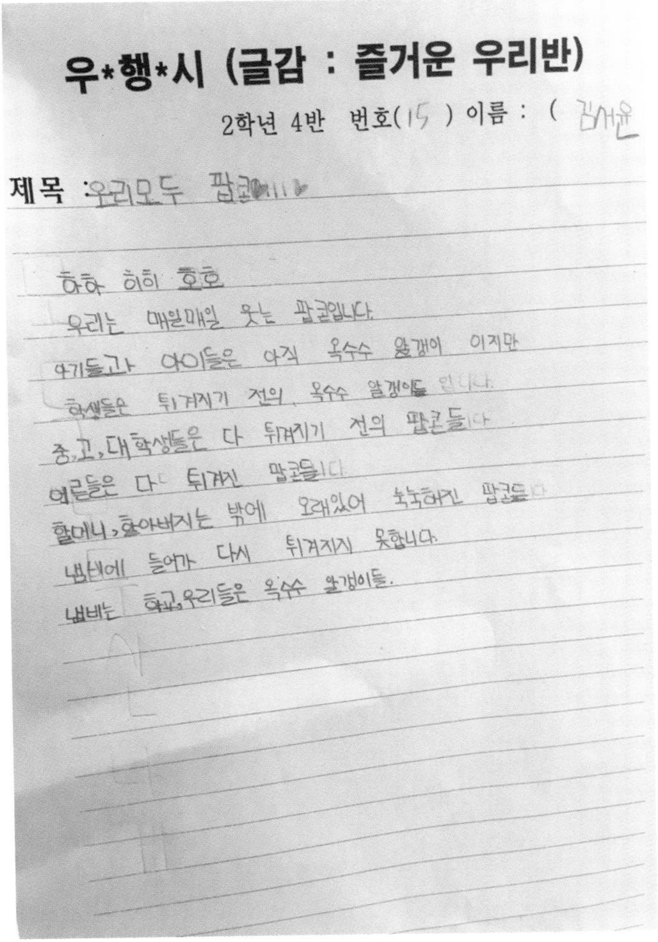

우*행*시 (글감 : 즐거운 우리반)

2학년 4반 번호(15) 이름 : (김서윤

제목 : 우리모두 팝콘!!!

하하 히히 호호
우리는 매일매일 웃는 팝콘입니다.
아기들과 아이들은 아직 옥수수 알갱이 이지만
학생들은 튀겨지기 전의, 옥수수 알갱이들 입니다.
중,고,대학생들은 다 튀겨지기 전의 팝콘들이다
어른들은 다 튀겨진 팝콘들이다
할머니,할아버지는 밖에 오래있어 눅눅해진 팝콘들이다
냄비에 들어가 다시 튀겨지지 못합니다.
냄비는 학교,우리들은 옥수수 알갱이들.

이화초 2학년 4반 **김서윤**(2019년)

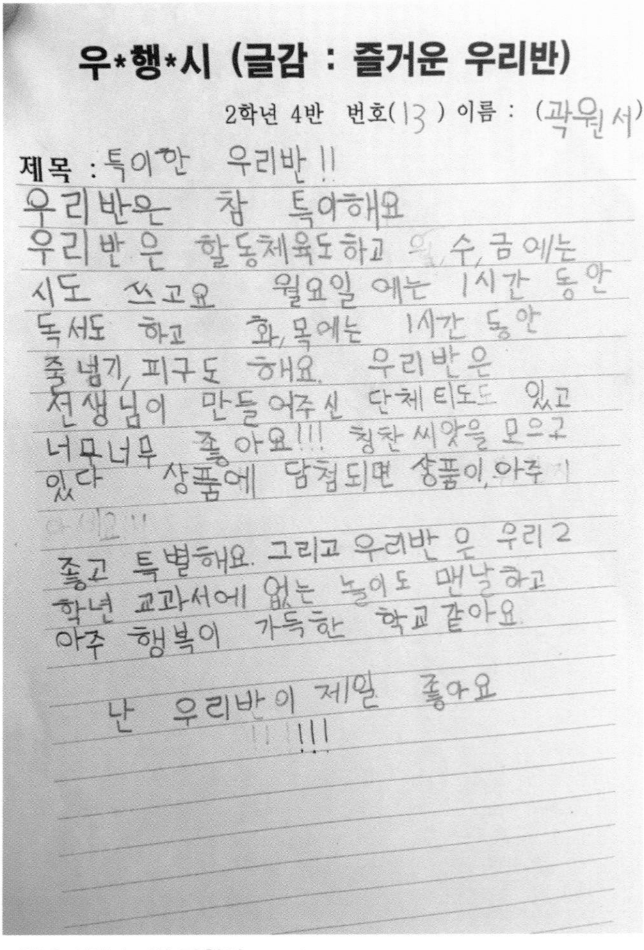
우*행*시 (글감 : 즐거운 우리반)

2학년 4반 번호(13) 이름 : (곽원서)

제목 : 특이한 우리반 !!

우리반은 참 특이해요
우리반은 할동체육도하고 월,수,금에는
시도 쓰고요 월요일에는 1시간 동안
독서도 하고 화,목에는 1시간 동안
줄넘기, 피구도 해요. 우리반은
선생님이 만들어주신 단체티도도 있고
너무너무 좋아요!!! 칭찬 씨앗을 모으고
있다 상품에 담첨되면 상품이,아주 지
좋고 특별해요. 그리고 우리반은 우리2
학년 교과서에 없는 놀이도 맨날하고
아주 행복이 가득한 학교 같아요.

난 우리반이 제일 좋아요
!!!!!!

이화초 2학년 4반 **곽원서**(2019년)

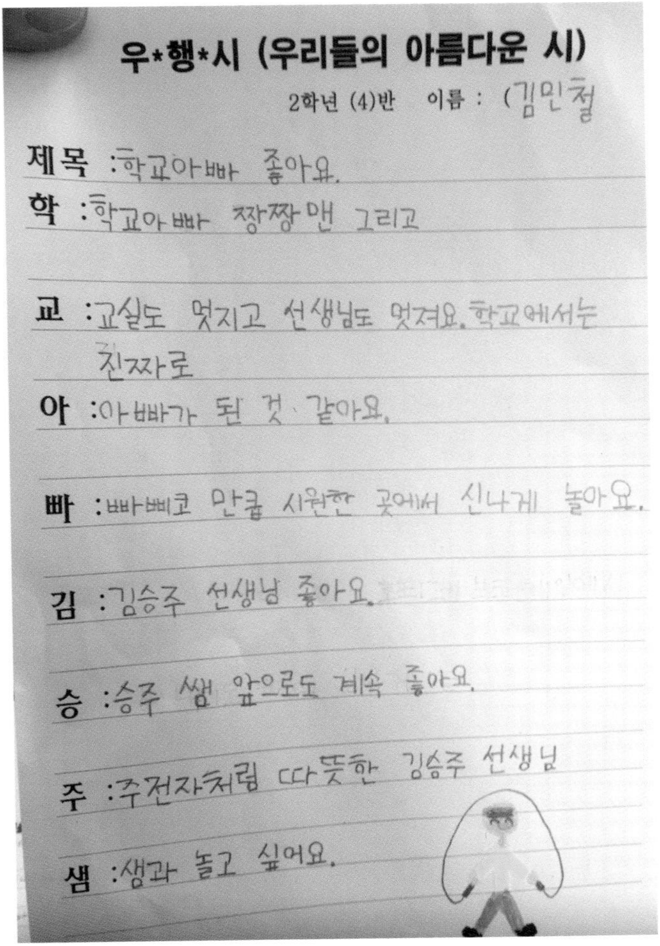

우*행*시 (우리들의 아름다운 시)

2학년 (4)반 이름 : (김민철

제목 :학교아빠 좋아요.

학 :학교아빠 짱짱맨 그리고

교 :교실도 멋지고 선생님도 멋져요. 학교에서는 진짜로

아 :아빠가 된 것 같아요.

빠 :빠삐코 만큼 시원한 곳에서 신나게 놀아요.

김 :김승주 선생님 좋아요.

승 :승주 쌤 앞으로도 계속 좋아요.

주 :주전자처럼 따뜻한 김승주 선생님

샘 :샘과 놀고 싶어요.

이화초 2학년 4반 **김민철**(2019년)

아빠 사랑합니다.

학 : 학교엔 선생님 말고 아빠가 있다.
교 : 교실엔 아들 딸들이 모여 있다.
아 : 아기자기한 모습으로 가족 처럼 지낸다.
빠 : 빠~ 빠~ 빠 노래하고 춤추며 사랑합니다.

〈우리들의 행복한시〉